ハヤカワ文庫 JA
〈JA1259〉

美亜へ贈る真珠
〔新版〕

梶尾真治

ja

早 川 書 房
7902

目次

美亜へ贈る真珠

〔新版〕

美亜へ贈る真珠

『航時機《こうじき》』が始動してから、そう、一週間も過ぎていたでしょうか。その頃はまだ物珍らしさも手伝ってか、航時機の見学者が後を断ちませんでした。

夕暮れ、私は見まわりの足を止めました。そこにたたずんでいた、二十歳を過ぎたかどうかという女性に、ふと気になるものを感じたのです。

彼女は閉館直前で人気の絶えた航時機の前に、ぽつねんと一人立っていました。その美しい顔に、耐えがたい激情の色を浮かべて航時機を見つめていたのです。いや、航時機の中にいる彼を見つめていたのです。

彼女の視線は、『航時機計画』の説明を記したパネルに落ちましたが、すぐまた航時機の中の青年に戻りました。両方を交互に見ながら、戦慄と後悔の色を押えようとしているようでした。

たのです。

私にそういう表情を読みとれる筈はないのですけれど、一種の直感として感じとってい
やがて、彼女は唇をゆがめ、目頭を両手で押えると耐えかねたように走り去ってしまい
ました。

それが私と彼女の初めての出会いだったのです。

私はその時、『航時機計画』の雑務、及び航時機の管理を務めていました。

科学技術省内勤務から、『航時機館』勤務という名目の異動でやってきたので、元の同僚たちの間では島流しだという噂もたったようでしたが、自分ではそれほど気にもなりませんでした。昇給などには大して興味もありませんでしたし、かえって人間関係に気をつかわなくともすむと考えたのです。ある程度の教育を受けてはいったのですが、それを押し進める欲も持っておりません。案外、自分に向いた職場ではないかとさえ思ったほどです。

少々脱線してしまったようです。

話を戻します。

『航時機計画』、それは、一口でいえば生きたタイムカプセルでした。『航時機』に乗せた人間の潜在意識に、時代の情報を詰めこんで未来へ送るわけです。情報は活字やテープでは伝承不可能な『ニュアンス』にウエイトを置いたものです。そう、『語りべ』とでも

言えば解りやすいでしょうか。いわばタイムカプセルの生きたインデックスの役割です。

そのため、乗員の選択は慎重に行われたはずです。冷凍冬眠《コールドスリープ》による「未来輸送」は人道的な面での反対意見があり、ちょうど具体化され始めていた『時間軸圧縮理論』という、時間の流れを八万五千分の一にする理論の実践という大義名分で、『航時機』を使用することになったのです。

航時機は未来へと直進します。いや、未来へしか進めないのです。しかし機内における時間は機外の八万五千分の一の速度で経過しますし、乗員の新陳代謝も八万五千分の一というわけです。

つまり機外の一日は、航時機内では約一秒に相当するわけです。

計画のプロパーたちがよく言うように、航時機が「初期形態のタイムマシン」であるというのも頷けます。

部屋に入ると、右隅に居坐る航時機は、一見すると透明な雌のカブト虫です。高さ五メートルほどの機械昆虫の、眼球にあたる部分から触角を思わせる二本のアンテナが飛びだしており、短いが太めの黒ずんだ五本の足で大理石の床をふんばっているといったふうです。そして上部の後半分からは、太いのや細いのや、種々のパイプ、コードが幾百本も伸びだし、収束されて壁の中へはめこまれています。これは、裏側の管理機械の計器類へとつながっているわけです。

航時機の上半分からは透明プラスチックを隔てて、彼が見おろしているのです。未来への使者に選出された彼。歳は二十三歳ほどで、濃い眉と薄い唇、それに涼しい目もとは、とても印象的ですし、少々厚めの唇を持つ私に、コンプレックスを抱かせるには充分でした。

彼の坐っている座席《ソファー》は彼の体型に合わせて作られた特製で、視覚効果も考慮されたのでしょう。なかなか豪華な〝王者の椅子《エル・シド》〟といったものを連想させます。それが微動だにしないので全く「生きた彫像」という表現があてはまるのです。その大理石の床に写る影とあいまって、おのずと荘厳さを放ち始めるほどです。

私はその青年に対して、特別の興味を持つというほどではありませんでした。この青年が選ばれずとも、かわりに誰かが乗っていたに違いありませんから。

私にとって、彼は不特定多数応募者の一人にすぎなかったのです。

けれど、例の出来事以来、私は青年に少々の興味を抱き始めました。

――彼女にとって、この青年はいったい何だったのだろう――と。

青年が、私と同じように電子工学を学んだ二十四歳になるC大学院の研究生であったこと、それに趣味として音楽――それもクラシック――を好み、ヨハン・セヴァスチャン・バッハのフーガ、ニ短調を口ずさんでいたこと、一昨年父親が病死して以来、天涯孤独であったこと。これらはパネルの説明文からすぐわかるのですが、いかにも無味乾燥といった、身上書をもとにしたと思われるきれいごとの羅列は何の役にもたちません。

ただ、走り去る彼女の姿だけが、妙に心に焼きついて離れなかったのです。

私はとにかく目をしばたたかせました。すぐに信じることができませんでした。彼女でした。

機械が作動を開始してから五年間も過ぎていたでしょうか。彼女に再会できたのです。見まがうはずもありません。彼女は、あの苦しげな眼差しで航時機を見つめていたのです。

時が経つごとに『航時機計画』は、そのニュース・ショー的な性格を失い、年初めにマスコミから行事的番組として取りあげられる時だけ、世間の人々は、「ああ、あの計画は、まだ続いているのか」といったふうに、しばらくの間記憶の片隅から呼び起される程度のものになっていました。それも、次の毒々しいショー番組が始まる時は、きれいさっぱりと忘れさられていたに違いありません。人々にとっては、ただ「時」の経過を感じさせる過去のある時点の事件となっていたのです。

当然、科学技術省にとっても、『航時機計画』にかけられるウエイトも少なくなり、人事面における経費の節減で、私以外には現場で管理にたずさわる人間を必要としなくなっていました。

この頃は、すでに『航時機館』へ見学に来るのは、近くへ立ち寄ったアベックや親子づれが、日に一度、あるかなしかほどになっていたのです。私も、もうあまり彼女を思いだすことはありませんでした。

朝からその日は客も入らず、私は航時機の横にある小さな部屋で朝刊を読んでいました。読んでいたといっても、単に目で追っていたにすぎません。私にとっては、この空白な時間は一日でいちばん無意味ですが、好きな時間だったのです。

足音に気がついて、ふと顔をあげた時、彼女はすでに航時機の前に立っていました。陽ざしは強すぎるほどではありませんでした。かといって弱すぎることもありませんでした。テラスの側からさしこむ陽が、忘れかけていた彼女をすっぽり包んでいたのです。彼女はブルーのドレッシイなワンピースに、底の厚い、先の丸くなった靴をはいていたと思います。

彼女の表情を見た瞬間、五年前の光景をまざまざと思い出しました。

それは動きのない『静』の表情のためだったかもしれません。整いすぎるほどの顔だちは、苦痛や悲しみのみを表現する能面のそれが現われていたのです。細身の体からすんなりと伸びた足が、新聞の間から垣間みた私の目には、まぶしく感じられました。

私は迷いました。

——話しかけようか。『あなたは、前にも、ここへ来られましたね』と。

私は躊躇しながら時を過ごしました。

しかし、その日私はとうとう話しかけませんでした。ずいぶん長い時間、じっと立っている彼女を盗み見ながら、震える手で朝刊を読んでいたのです。

そう、私はその時、彼女に憧憬の念を抱いたのかもしれません。それをはっきりと自覚したのは、翌日、彼女が再び訪ねて来た時でした。

彼女は昨日の服装で、昨日と同じ姿勢、同じ表情で、例の場所へ立ちました。

私はもう、いても立ってもおれなくなってしまったのです。

平静さを、出来る限りの平静さを装い、彼女に何気なく近づき、何気なく話しかけたかったのです。ところが、実際には肩をいからせて、ひどくどもりながら話しかけることになってしまいました。「お、おはようございます」

それだけ言ってふうっと溜息をつきたかったのですが、それをぐっと我慢しました。

彼女は驚きながらも、何となく会釈をしたという表情でした。私は、もっと何か話さねば、と思いました。話し続けて、彼女も何かを話し始める雰囲気を作らなければ……と。

「あ、あなたには、前にもお会いしましたね。いや、覚えておられるはずがありません。当然です。『航時機計画』が始まった頃ですから。そして昨日も一日中、ここに来て、彼を……いや、航時機を見ておられたでしょう。航時機に興味がおありなのですか。いや、悪いことじゃあないです。変じゃないですよ。世の中にはいろんな人がいる。昔のベンケイとかＤ51が好きだという人もいれば、自動車ならフォルクスワーゲンでなけりゃとか、それを一日中見ていてもとか、いろんな人がいる……」

私は、文法的にも意味も支離滅裂なことを口走ったようです。しかし、彼女は微笑んでいました。それは、今まで私がしばしば受けてきた嘲笑とは全然別のものでした。

「よく、憶えていらっしゃいますのね」

彼女は、それだけの言葉を、ゆっくりとつぶやくように言いました。

どことなく、彼女の笑みの中に翳《かげ》があるのを私は見逃しませんでした。私は調子に乗って彼女をお茶に誘ったのです。航時機の斜め前には私専用の中食用テーブルがあるのです。

「立ちっぱなしでは足も疲れます。お茶でもいかがでしょうか。いやインスタントコーヒーですけれども」

私が、そそくさとポットで湯を沸かしはじめ、カップを並べたてた時、彼女は歌うように一人言をいったのです。

「私、航時機なんかを観にきているんじゃありません。航時機なんか……」

顔をあげると、航時機の彼の虚ろな視線が目に入ってきました。

「あなたは彼のお友達なのでしょうか。彼には家族はないと聞いていたのですが……」

その質問は、実にいやらしいまわりくどさに満ちていたと思います。しかし彼女は吐き捨てるように、私ではなく、ほかの誰に向ってでもなく、言いました。

「私……アキに捨てられたのです」

私は露骨に興味を示さないように、かなり注意していました。

「というと、あなたは彼の、いやアキという人の」

「すみません。下卑た言い方をしてしまって。でも、ほかに言いようがありませんわ」

今度の答えは、私に向ってのものでした。私は話題を変えようかと思ったのですが、急に変えるのもしらじらしいような気がしましたし、折よくコーヒーも沸きはじめていました。

「ああ、ちょうどコーヒーが入ったようですから、どうぞ冷めないうちに……お飲みになるでしょうね」

私は『お飲みになりませんか』では断られると思ったのです。

彼女は、小さく頷くと、もう一度彼——アキ——の顔を見やると、ゆっくり椅子に腰をおろしました。

「さあ、遠慮なさらないで」

彼女は私をじっと見つめ、次の瞬間、面喰うほどの激しさで、堰《せき》を切ったように話しはじめていました。

「アキは……アキは、私のことを忘れてしまったのです。アキは私に会う時は、いつも微笑んでいました。あんな虚ろな眼差しじゃなかった。アキは航時機に……未来に憧れて、私を忘れたのです。私も、あなたのことを忘れてしまいたい……」

それは、今まで溜っていた何かを一せいに発散させたのだということが、私にもわかりました。

彼女は、わっとテーブルの上に泣き伏したのです。

彼女の差し伸ばした細い指の間から、何か白い小さく輝く玉が転げ落ちました。それは真珠でした。

私は何となく気まずい思いでコーヒーを飲みほしました。私はなす術もなく、航時機の下へ転がっていく真珠をみつめていたのです。

それまでは、計器の点検、アキの外観的体調などを観察し、あとは見学者の管理をやって過ごすのが、私の主な日課でした。

その中に、新たに彼女とのお茶の時間が組みこまれたのです。

彼女は、あれから毎日、ほとんど欠かさずに航時機館へやってくるようになりました。

彼女の名は美亜《みあ》と言いました。自分を美亜と呼んでくれてかまわないと言ったのです。

彼女は、いつも朝早くからやってきて、私が起きて計器類の点検をすませた後、部屋へ入って行くと、彼女は、すでに椅子に腰かけていて航時機の彼を眺めているのでした。

それから私は朝刊を読み、見学者の来ない日なぞは、一日中ポツリポツリ世間話をしたり、たがいの身の上を話したり、まあそんなふうだったのです。

彼女は常に簡素な目だたぬ服装でした。白のブラウスや、紺のワンピースは、彼女の清潔さを物語るに充分だったと言えましょう。

私が彼女に対して質問しなくとも、彼女の方から控え目ではありましたが少しずつ話を始めていました。

彼女の話によれば、アキとは大学の仏文学の講義で知りあったのです。アキは仏文はあまり得意でなかったらしく、試験前に彼女にノートを貸してくれるよう頼みこんだことから、二人の交際は始まったのです。私が、それはあなたと知合いになる手段だったのでは、と言うと、彼女は寂しそうに笑いました。
二、三度アキと学校の外で話すうちに、すっかり二人は打ちとけあい、休日には二人で過ごすのが習慣となっていました。
彼女は私に、その頃の思い出を、こう語ってくれました。

「日曜日だけじゃなく、暇さえあれば二人は会って話をしていました。何を話すというんじゃなく、ただ何となく会って、たわいもないことを話して笑いこけて……。でも不安でした。会って一緒にいないと、何か得体のしれない物に対して不安で仕方がなかったのです。

アキが、講義の間中、廊下で私を待っていてくれたこともありました。私が教室を出ると、しょんぼり窓にもたれかかった彼が立っていたのです。アキは、その時風邪をひいていて、下宿まで送っていってわかったのですが、三十九度も熱があったのです。彼は、『暇だったから、待ってたのさ』なぞと言っていたのですけど……。

休日は、そう、アキの下宿の近くの池のまわりを散歩したり、釣をやったこともあります。彼が十日分の食費を投げうって釣ざおを買いこみ、池へ出かけて行ったのですが、一匹も釣れませんでした。雨の降る日を選んで大きなポケット付のコートを持参して、図書館へ二人の好きな作家の載った雑誌を盗みにいったりしたこともありました。

おかしかったのは、街頭で意味のないフランス語を使って大声でけんかする真似をしてみた時です。英語がどうしても途中でまじってしまうのはまあ救えるとしても、アキの故郷の方言がとびだしてしまったりするものですから、つい吹き出してしまいます。すると急に彼は口がきけないふりを始めるのです。手真似で話すと私はフランス語でまた問いかける。道行く人々が立ち止まると、二人で大声で、『セ・ラ・ヴィ』と叫んで逃げ出したり……。

本当におかしいとお思いでしょうね。でも、二人ともその時には口に出せなかったのです。愛してるってことを。友達であるということを、二人とも妙に強調しあって。だから、あんな馬鹿みたいな遊びをやったのに違いありません。でもアキは、私が愛していたことを知っていたに違いありません。私も彼が愛してくれていると、ちゃんと感じていたのです」

　私は美亜の話に相槌を打ちました。

「それで、とうとう彼は愛していることを告げなかったのですか」

　彼女は暫《しばら》く押し黙りましたが、

「告白しましたわ。だから婚約したのです」

「ほう、それなのに、何故、彼は航時機へなんぞ乗ったのでしょう。彼は幸福の絶頂にいたはずじゃありませんか。いや、あなたはまさか、彼の科学への探究心の方が、あなたへの愛情よりも優先していたというのではないでしょうね。たったそれだけの偽善的な理由だけだというのではないでしょうね。違いますか。何か理由があるのでしょう。もし私が彼だったとしたら、絶対に……」

　そこで私ははっと口ごもりました。美亜はその時、何も言いませんでした。美亜の潤んだ眼を見ると、それ以上話を続けられず再び沈黙が続きました。

「わからないのです。理由がわからないのです。これを見てください」

　やっと口を開いた彼女が私に差し出したものは、先日目にした一粒の真珠でした。それが直径が五ミリぐらいでしょうか。珍しく透明に近い感じの、七色に光る美しい真珠でした。

「これは、先日も持っておられましたね」

「ええ。この間の真珠です。彼に貰ったのです。彼は婚約指輪の誕生石のことを私に尋ねました。生れた月の石を私にプレゼントするつもりだったのです。私は十二月生まれなのでざくろ石《ガーネット》ですが、あまり好きじゃないし欲しくもないと答えました。彼の生活は、苦しいと言えないまでも楽とは言いがたいものでしたから。すると彼は子供の頃から持っているというこの真珠をくれました。『愛しているというしるしだ。でも、この真珠には、ほら、ここに傷がある。だけど君との結婚式には、エンゲージリングにもダイヤを使わず傷のない真珠を贈ろう。リングは、そう……金のリングを使って……。真珠の意味する言葉を知ってるかい。〝純潔〟さ。ちょっと趣味が悪いかなあ』と。私はうれしくて、ありがとうと答えました。ことさら真珠が好きだということもなかったのですが、そういうことから、私はずっとこの真珠を肌身離さずに持っているのです。今、いちばん好きな宝石は、と問われたら……私はためらわず、『真珠です』と答えますわ」

彼女の表情から、ちょっとの間、かげりがどこかへ消えたように見えました。私は言いました。心から、

「本当にきれいですね」

「きれいです。本当に」

彼女は真珠をそっとテーブルの上に置きました。

「アキに、この真珠が見えるでしょうか。どう思われます」

こう聞かれて、私はまた、口ごもりました。初めて、航時機の中のアキに少々嫉妬を感じたのです。

「さあね。航時機内は、こちらの二十四時間、つまり一日が一秒にしか感じられないのです。あなたがここへやってきてからの数日間も、彼にとっては数秒間の、まるで齣《こま》落しの映画みたいに写っているのではないでしょうか。だから乗務員の視力を守るために、テラスの外は常緑樹が、ほら、あんなに植えてあります」

彼女は一度、常緑樹の方を見てから、つぶやくように言いました。「とすれば、悲しいですわ。彼はスラップステックス映画の観客で、私達がそれを演じてみせている。そんなことでしょう。いやだわ。声は、どうなんでしょう。聞こえているでしょうか」

「きっとかん高い音がするのではないでしょうか。周波密度が高くなっていますからね。いや、音は全然聴くことはできませんよ。彼が外部の音を聞かないですむように、航時機の周囲で吸収してしまっているのです。でないと危険ですからね。彼にとって」

何故、危険なのかということを説明しようとしたのですが、彼女の、「そうですか」という落胆した返事に遮られると、それでもう何も言えなくなり、また、会話は中断されてしまいました。

「真珠かぁ」

私が思わず呟くと、美亜は、ふふっと悪戯っぽく笑い、テーブルの上の真珠をとりあげて見つめました。

「私も本当にアキを愛していたといえるのかしら。捨てたのは、私の方だったかもしれない……」

＊

こう書いてくると、とても、数十年前のこととは思えません。まるで、二、三年前の出来事だったような気がするのです。あれから正確に、どのくらいの時が流れたものでしょうか。

ファイブ・オクロック・シャドウという表現があります。アキのほおにその髭が、うっすらと影を持つほどです。かなり経つのでしょう。私も耳が遠くなり、時々、自分ながらふと年齢を感じてしまいます。

美亜からは、年齢のため老けこむというより、精神的な疲労によって老けこんだという印象をうけるのです。膚《はだ》はかさかさと音を出しそうなほど乾きはて、瞳だけが昔と同じに寂しそうな輝きを放っていました。

「アキは……やはり私を忘れたのではないでしょうか。頭の中は航時機の理論や、詰めこまれた情報ばかりが渦まいていて……」

私は、また始まったのかと思い、難聴をいいことに新聞を読み続けました。

「あなたは、昔、科学的探究心だけで航時機へ乗るのは偽善だとおっしゃいましたね。私もそうだと思います。アキは、本来の意味でのタイムマシンが発明される遠未来まで、この航時機に乗っているつもりでしょうか」

私は相変らず黙ったままでした。美亜は、しばらく考えこみ、

「やはりタイムマシンなぞ発明されませんわね。もし発明されるのなら、彼はそれに乗って帰ってきます。私のいる今へ……私を愛してくれていたならの話ですけど。でも、今まで帰ってこないのは、私を愛していなかったからではないでしょうか。

もしそうなら、私は、惨《みじ》めですわ。……どうしたら、アキが、私を愛してくれていたか確かめられるでしょうか」

「さあねえ」

やっと、私は返事をしたのですが複雑な気持でした。ほかに言いようもなくもう一度、

「さあねえ」と繰返して考え込むふりをしました。美亜はいつものようにテーブルから頬杖をはずすと真珠をとり出しました。

「私にアキが残したのは、この真珠だけです。もう、私にとって今の望みは、彼の本当の心を知りたいということだけですわ。私が何をやってもアキにはわからないと思うと情なくなります」

「こちら側からの連絡法がないからなあ。……思いつきに過ぎないのだけれど、それほど

アキのことを思っていたのなら、航時機をもう一台作って乗ってったらどうだったのだろう」

「それは、私も昔、考えたことがあるのです。でも、何となく彼は、タイムマシンで帰って来るような気がしましたし、私がそのアイディアを思いついた時は、もう私の方が年上になっていたのです」

「それでは仕方ないねえ」

「彼が好きだったアポリネールの詩の一節を時々ふと思い出したりするのです。

『日も暮れよ鐘も鳴れ、
月日は流れ私は残る……』という……

『ミラボー橋』だったかしら」

私は美亜の話を聞くともなしに頷き、新聞を読み返しはじめました。

「彼は、もう私のことを忘れているかもしれません。肉体的時間、新陳代謝だけが遅くなって、精神的、感覚的な時間経過は外部の私達とそう変らないとしたら、もう私のことなど、忘れてしまっているのではないでしょうか」

彼女も老衰したなと感じました。なぜって、肉体的時間が遅くなっているのですから、当然、脳も肉体の一部である以上、思考時間もそれに比例するではありませんか。馬鹿げていると思いましたが、私はその考えを口にしませんでした。その時、彼女はかなり饒舌になっていたようです。

「北欧の話です。昔、氷河の間から男の子の死体が発見されたんです。身許を調べても、行方不明の子供なぞ心当りがなく、皆が調べていたのですが、一人の老人が、死体を見たとたん、わっと泣き伏しました。『兄さん。兄さん』と叫びながら……。

老人が子供の頃、その児は突然行方不明になったのです。老人の兄は氷河の割目に落込んで氷詰めになり、肉体も腐敗することなく凍結してしまい、数十年後の思わぬ再会となったのです。ちょうど私の場合もそうでしょうか」

美亜がそんな話を、自嘲的に語るものですから、私も皮肉な気分になり、口笛でサンディ・デニイの『WHO KNOWS WHERE THE TIME GOES?』なぞを吹き、アキの方を横目でちらりと見たりするわけです。アキといったら例の虚ろな眼差しで凍りついたままなのですけれど。

ですが、本心、彼を見ていて考えてしまうのです。時の流れというものはすべてを変えるものだなあと。実際、この部屋にしろ、変っていないのは彼、アキだけなのです。航時機の周囲の外壁にあたる金属の部分さえも、最初の頃の光沢が消え去っていました。ワックスを使えばある程度の光沢は戻るのでしょうが、手入れする者などいるはずがありません。今、この航時機計画を記憶している人が、果して何人いるでしょうか。

もっとも、興味本位で、ふらありとここへ訪れる人が全然いないわけではなかったのです。興味、それは美亜へのそれです。その中で、私でさえも嫌悪感を催したのは、テレビのプロデューサーでした。彼の吐き出す露骨な言い草は、とても彼女には聞かせたくありませんでした。プロデューサーはアキを見るなり、

「この表情は『八方にらみ』と言うやつだな。よく商業ポスターで使うあれだ。どこから見てもこっちを凝視《みつ》めている感じがする」

それから嘲笑うような視線をゆっくり美亜へ向けて、

「ほほお、あなたが、評判の……」

評判になっているはずは、ありませんでした。ですが、この汚ならしい大衆の道化師は、どこからか彼女のことを聞き及んだに違いないのです。それもいやらしい好奇心をむき出しにして。

「あああ、あなたが評判の、今大評判の……」

と、わざとらしく、手をひくひくと動かして、まるで感激のシーンのパロディを演じてみせるのです。それも、自分のやっていることが、ものすごく気のきいた冗談であると信じているふうなのです。

それから彼はゆっくりと腕を組み、物思いにふけるといったポーズを取り、突然ニッと笑って言いました。

「駄目だなあ、やはり駄目だ。絵にならない、視聴者は興味を持たないよ。彼女が、犬か

猫だったら、『忠犬ハチ公』の現代版といったふうに、感動ドキュメンタリーを再現してやるんだがなあ。……まあ、企画には載せとくか」

　彼女は黙っていました。まるで彼の言葉が全然聞こえていないという様子で……。

「彼女がもっと若けりゃ、ミュージカル仕立てのショー番組でも作るのだけどさ」

　男は私にいやらしいウインクをしてみせました。それから、「まだ、にらみやがる」とか、ぶつぶつ一人言を言いながら、そそくさと出ていってしまいました。

　いったい、何の用事でやって来たというのでしょう。私は異常なほど、腹を立てました。プロデューサーに対してではなく、ここまで彼女を追いやったアキに対してです。

　ある日、美亜という名の老婆は、何かを予期しました。まるで恩寵《おんちょう》をうけたかの如く、突然私に言いました。

「私が死んだら、この真珠は……あなたにまかせます。適当に処分していただいてけっこうです。もう必要なくなりそうな気がしますから」

　驚いて彼女を見つめると、彼女は、真珠をそっと私に差しだしました。

「私個人名義の財産は、福祉施設にでも寄付してくださいませんか。面倒でしょうけれど、勝手なことを言ってごめんなさい」

　私は頷きました。

死期を悟るというのは本当でしょうか。私には信じられないことですが、彼女はまるで、ワイルドの『幸福の王子』に仕える燕のごとくして死んでいこうとしていたのでした。

翌々日、彼女は二言、しゃべりました。

「アキは、まだ私を覚えているかしら」

私は答えませんでした。難聴であることを利用して、聞かザルを決めこんでいたのです。でないと、またいつものように、繰りごとを聞かされるに違いなかったからです。

美亜は椅子にじっと坐ったままでした。

「アキには、私がここにいたことさえわからなかったのかもしれませんわ。私の一生は、いったい何だったのでしょう。……それから、それからあなたにも、お詫びをしなければ。本当に、すみませんでした。悪かったと思います」

私はその言葉にショックを受けました。その言葉を、アキの前で言われたことに対してです。年甲斐もなく顔がほてっていくのを感じました。

もう陽斜しが西の方角へ傾いた頃でしょう。私はそっと呼んでみました。

「美亜」

彼女は眠っていました。

彼女は眠っているように見えたのです。

「美亜」

もう一度呼んでみました。

彼女の体は、ゆっくり揺れ、それから大理石の床の上へ鈍く乾いた余韻のある音を立てて倒れました。

こおおおおん

彼女はすでに死んでいました。美亜は寄りかかれる場所を一生持たぬまま死んでいったのです。

私の耳には、美亜が倒れる時たてた乾いた音が、妙に印象深く残っていました。真珠をどう処理すべきか、なぞということは、全然頭の中にありませんでした。

美亜に関して私の知っている限りの話を、客観的に……出来るだけ客観的に綴ってきたつもりです。それは私にとって、何とも短かすぎるような気もするし、また、述べ足りなかった所があるような気がします。逆に冗長なきらいもあるなと思えるのです。ですが、私はこの話を終えるにあたっては、どうしても、それから起った一つのエピソードを付け加えておかずにはいられないのです。

私の生活プログラムには、その後も大した変化はなく、彼女のいない生活に、さして寂しさも感じない毎日が続いていました。

それでも、時々ふと彼女に初めて会った時のことなどを思い出してしまうのです。若かったのだなあ。そう考えると、アキの方へ自然と目が行ってしまいます。彼は彼女の一生を数時間で目の前に見たはずなのです。

アキは気づいたでしょうか。

いいや、それはおそらく無理だろう。でも、そんなことはどうでもいいじゃないか。やっと、そう思いました。

彼女はアキの恋人だったのだぞ。

「お父さん」

耳もとで声が聞こえたのです。私は極度に反応が鈍くなっていました。

「久しぶり。お父さん」

なかなか、焦点が定まらないのです。

「あ、あ、あ」

と言いながら、私はやっと息子夫婦が遊びに来たのだということがわかりました。

「どう、元気ですか。もう、こんな仕事はやめちゃったらどうなんです、お父さん。そろそろ隠居して、ぼくらに手を焼かせてもいい頃だと思いますよ。もう、働きすぎるほど、充分働いてきたではありませんか。今日やってきたのも、ほら、テレ・メールでお知らせしたと思うんですが」

　これは息子夫婦の本音に違いないのです。技師をやっている息子は、浅黒い腕に孫娘を抱いて、健康そうに笑うのです。

「美樹《みき》、おじいちゃまにお会いするのは初めてでしょう。さ。ごあいさつは」

　女の子はニッコリ笑い、黙ったままで、ぴょこんと頭をさげました。

「ねえ。お父さん。私からもお願いしますわ」

　よくできている。息子には過ぎた女だ……。息子の妻からは、いつも笑顔が絶えたことがないのです。

　二人ともうまくいっているのだな。

「ありがとう。うれしいよ。おまえたちのその気持だけを受けさせてもらうよ」

　私はもう、一生この航時機の前から離れようなぞと考えたこともありませんでした。私は美亜と同じように、何時の間にか航時機の前で静かに死んでいきたいと思うのです。

「もう、降りるわ。苦しいんだもの」

　息子の腕から飛び降りた孫娘は、大きな瞳をくるくると珍しそうに動かしました。

　息子は微笑しながら、

「お母さんに似てると思いませんか。隔世遺伝ですかねえ」

　私は頷きました。始終あたりを駆けまわる様子は、まるで好奇心の固まりです。一時も同じ場所へじっとしていないのです。

「美樹は、ここへくるのは初めてだったね。いろいろ珍しいものがあるだろう」

すると、息子は仕事の邪魔になるとでも気がねしたのでしょうか。

「さあ、そろそろお暇しようか。美樹。長いことといると、どうも、おいたをやらかしそうだぞ」

「まだいいじゃないか。来たばかりなのだし」

すると息子は、いやまだちょっと用があるので失礼しなければならぬと言いました。

「帰るよ。美樹」

ところが、美樹は、いっこうに帰りたがる様子も見せないのです。

「いや。ミキはもっとここにいたい。あそぶものがたくさんあるもの」

息子は仕方なさそうな表情で苦笑いをしながら私を見ました。

「ああ、かまわないよ、私は。帰りにまた寄ってくれればいいのだし」

と私が言うと、息子夫婦は、頼みますと告げて出ていきました。

私と美樹の二人っきりになると、彼女は持ち前の好奇心をフルに活動させ始めたのです。

「ねえ、おじいちゃん。これなあに」

まず、孫娘の興味の槍玉にあがったのは、何といっても航時機でした。

私が簡単に、しかもわかりやすい説明を、かなりの苦労の末にやり終えた時は、彼女の興味はすでに他のものへと移っていました。

「このきれいなものなあに。おじいちゃん。ねえったら。なあに」

美樹は何時の間にか、テーブルの上へよじ登っていました。

「なあに、これ」

それは美亜が亡くなって以来ずっと置き放しにしてあった真珠でした。

──まだこんなところに置いてあったのかあ。どうするべきかなあ。

「ああ。いいかい、これは真珠というものだよ。きれいだろう」

別に詳しい説明を付け加えませんでした。そっと孫の手のひらへ乗せてやると、よっぽど気に入ったらしい様子で、二、三度「しんじゅ、しんじゅ」と唱えてじっと見つめていました。

──美亜も浮かばれないだろうなあ。彼にせめて、美亜が一生アキを思い続けていたことを、知らせることが出来ないものだろうか。彼女は、苦しみすぎるほど苦しんでいる。それが酬いられなかったなんて、あまりに悲しすぎるなあ。

私は自分でそう確信して勝手に頷きました。

──本来、この真珠はアキの物だから、彼が航時機を出るまで保管しておくべきかもしれないなあ。だが、まてよ。ここへ真珠を置放しにしていたのだから……。ひょっとしたらアキには数秒間この真珠が見えたのじゃないだろうか。

でも、私には確信がありませんでした。内部から何らかの意志伝達方法があればいいのですけれど。

……アキは本当に美亜を愛していたのだろうか。愛していなかったのなら、いったい美亜の一生は何だったのだろう。悲しすぎる。あまりにも悲しすぎる。

そう、その時、私は真珠を美樹にやることに決心したのです。

「美樹がそんなに気に入ったのなら、その真珠はあげよう。お父さんに、リングを……金のリングをつけてもらって指輪にしてもらいなさい」

美樹の喜びようは大変なものでした。

「ありがとう。うれしいわ。ミキはずっとずうっともってるわ。だいじにするわ。ぜったいなくしたりしないわ。ほんとうよ。ゆびきりしてもいいわ」

私は目を細めました。美亜もこの処置には賛成してくれると思いましたし。

老人の回顧癖というのでしょうか。真珠が私の手から離れたとたん、今までの美亜との会話の記憶の断片が、どっと溢れはじめたのです。

「いちばん好きな宝石は、と聞かれたら……私はためらわず『真珠』と答えますわ」

「私、航時機なんかを観にきてるんじゃないんです。……航時機なんか」

「私の一生は、何だったのでしょう。……それからあなたにも、お詫びしなければ。

本当に……

お詫びしなければ
　お詫びしなければ
　　お詫びしなければ
　　　お詫びしなければ
　　　　お詫びしなければ
　　　　　お詫びしなければ

こおおおおおおおおおおん

「シンジュ。シンジュよ」

私はふっと現実にたちかえりました。そっと孫の手のひらの真珠を指さして言いました。

「これがどうしたの」

孫は、「ううん」と大きく首を振ったのです。

「ううん。ちがうの。あっちにもしんじゅがあるわ。ほんとにしんじゅよ。これとおんなじ」

美樹の指さした方角にあったのは航時機でした。

「さっき説明してあげたでしょう。あれは航時機と言ってね……」

「ううん。それはわかったの。あのなかにしんじゅがあるの。ねえ。みてよ。ねえってばあ」

私達は航時機の前へ歩みよりました。そして美樹は勝ち誇ったように言うのです。

「ねえ。これよ」

それは確かに真珠でした。陽に輝いてキラキラ光る透明な真珠。それはアキの足元から十センチほど上に、宙に浮んでいました。そしてそれは、かすかですけど確実に落下しつづけていたのです。

「ねえ、おじいちゃん、シンジュでしょう」

女の子はまだ自分の主張を続けていました。

「彼は美亜のことがわかったんだ。だから……いや最初からアキは美亜を愛し続けていたんだ」

私の胸に、何かじーんとするものがこみあげてきました。もう、私には、頷くことしか出来なかったのです。

「ねえ、シンジュでしょ。ねえったら」

私はかすれそうな声でやっと答えていました。

「ああ、真珠だよ。おまえのおばあちゃんのための真珠なのだよ」

美樹が何歳になった時、彼は航時機から出てくるのでしょう。そう何十年も先のことではないはずですが……そう思いました。しかしその時まで、私は生きていることは不可能でしょう。

もう、その時は美樹たちの時代なのです。

いや、そんなことはどうでもいい。アキは、本当は美亜を愛していたのですから。

「ほんとに、きれいだわあ」

美亜の面影が、ふっと幼い孫の横顔をよぎりました。

七色に輝く真珠は殖え続けていたのです。

アキの顔はゆがみ、口は大きく開かれようとして。

最初の真珠は床の上でゆっくり王冠を形造りました。まるで本当の真珠のように……。

それは、アキがまだ持っていた、美亜のための真珠なのです。

「とってもきれい」

私も……そう思いました。

詩帆が去る夏

あれから幾度目かの夏が訪れ、うつろい、去っていきました。そして今、私は新しい夏を戸惑いとともに迎えていたのです。

裕帆《ゆうほ》はキッチンで夕食の準備に腕をふるい、私は熱気の残った暮れなずむベランダで無意味な回想に時を費やします。

裕帆は、もう二十歳なのです。

「晩御飯できたわよ。今日はお父さんの好きなフランクフルト・オムレッツ」

そう言って背後からロッキング・チェアを悪戯っぽく揺する裕帆に私はさりげなく提案しました。

「今度の日曜日、水子岬へドライブに行かないか。詩帆《しほ》の……お母さんの二十周忌に当るから、花束を持っていきたいんだ。そうだ、裕帆と子供の頃よく行った地蔵遊園地に寄っていくというプランはどうだい。ちょうど、水子岬へのコースの途中にあるし」

裕帆はエプロンを外しながら笑顔で頷きました。それは詩帆と寸分変らない清純な表情でした。

「いいわ。お父さん。日曜日はあけておくから。さあ、でもその前に私の料理をほめてくれなくっちゃ。お風呂もちょうど良い湯加減だから……。そうね、どちらを先にする」

「ああ、それじゃあ、ちょいとお湯を浴びてくることにしよう」

「じゃあ、まだビールはあけずにおきますから」

風呂に取付けられた鏡に写った私の頭には白いものが幾筋も走っていました。時の重圧感を振り払い、浴槽に浸りこみながらも自然と二十一年前のことを想い出してしまうのです。

裕帆は、自分の母が詩帆であることに疑いを持ちませんでした。そして、詩帆は私と同乗中に自動車事故により水子岬で死んだのだと信じていました。私が、裕帆の幼ない頃からそう話してきかせていたことだからです。それはある意味では真実でした。

ですが、すべてを裕帆に話していたわけではありません。また話せるはずもなかったのです。

詩帆と知りあったのは二十一年も昔のことになります。過去は夢と同じようなものです。

思い出そうとしても、その記憶には常に曖昧さが付いてまわるのです。だから、詩帆と知り合った時の状況についても幾つかの偶然が存在したのでしょうが、ドラマチックさなど微塵もなく、天涯孤独だった若い二人が小さな出来事の積み重ねで寄り添い合うように親しくなっていった……としかいいようがありません。

勤務先が近くでした。通勤時によく顔をあわせていました。その程度のことだったのです。

私はその頃、現在は閉鎖されている、ある私学の研究室に勤務していました。クローンの霊長類への応用について取組んでいた頃のことだったと思います。ただ、これだけは確実に言えるでしょう。私は初めて詩帆を見た時から、天啓を受けたように彼女を意識していたのです。その後も通勤電車の中でよく見かけていましたが、昼食をとる近所の食堂で偶然出合った時に、さりげない軽い冗談で話しかけたことで、それが決定づけられたといえるでしょう。それから、電車の中でも会えば挨拶を交し、世間話をするようになったのです。

詩帆のタイミングを逸しないユーモア、上品な会話、控え目な態度。私はその時、彼女に好感以上のものを抱いていました。幼児のような大きな瞳とまばらなそばかす、あどけなさの残った顔、それに毀れてしまいそうな痩せっぽちの身体。そのすべての組合せが詩帆に奇妙な魅力を与えていたのです。

明日が休日というある日、私は思いきって彼女を誘ったのです。それは、内気な私にとっては一大事業とも言えるものでした。

彼女は頑なでした。私の誘いに、詩帆は意外さに口を大きく開き、首を振って断わりました。彼女は、からかわれていると思ったというのです。私は強引に誘い、やっと了承をとりつけました。詩帆は、自分自身の輝きにまだ気づいていなかったのです。

翌日、私達はあてもなく街の中をさまよいました。一緒にお茶を飲んだかもしれません。公園の噴水の前で、水をかけあってはしゃぎあったかもしれません。遊歩道でソフトクリームを舐めながらそぞろ歩いたかもしれません。まるで〝群集の人〟の一人のように。少なくともそれは、雑踏の中で感じる私にとっての初めての至福だったのです。

詩帆は夕暮れまで歩き続け、私についてきてくれました。たわいのない会話の中で、詩帆が孤独であることを知り、私もまた同じ身の上であることを彼女にさりげなく告げました。

その初めてのデートの日から、周囲から見た我々は睦まじい恋人同士に見えたはずです。それほど、私と詩帆は一日でお互いを理解しあったと感じたのです。

それから、休日の度毎に私は詩帆と会っていました。彼女は見違えるほどに変っていきました。逢うたびに脱皮でもするように美しくなっていったのです。私の好みを敏感に感じとって気に入られるようにと懸命に努力していたような気もします。そんな詩帆が私にとって可愛くてたまらなかったのです。

ある日、別れしなに詩帆が泣き出したこともありました。何か得体のしれないものが、口で言い表わせないものが恐いというのです。詩帆が物心ついてからというもの、彼女は一人で生きてきたはずです。孤独の生活で、これは初めて摑んだ幸福だったのでしょう。それを喪うことへの不安だったのかもしれません。「私は幸福には縁のない人間でした」と、詩帆はある時ふと漏らしたこともあるのです。

楽しい日々でした。

ある時は、地蔵遊園地でジェット・コースターの上から詩帆のハンドバッグを落してしまい、私が登坂線から芝生の上にあわてて飛び降り、係員にこっぴどく叱られ二人で苦笑いしたこともありました。そういえば、あのメダルはどうしてしまったのでしょう。詩帆が、ちょっと待っているようにと私をベンチに置きざりにして買ってきた私へのプレゼント。いえ、そんなに高価なものではありません。子供達への来園記念用に売られているプラスチック製自動刻印式のものです。詩帆が悪戯っぽい笑顔で私の首にかけたメダルには日付と彼女のイニシャル、それにローマ字で“DORYOKU SHIMASU!”とありましたっけ。何を「努力」するのか聞いた答がどういったものだったかは、もう忘れてしまったのですけれど。

詩帆とレンタカーを借りて、遠くへ出かけたこともありました。一本の道を無作為に選び出し、その道をどこまでもどこまでも真直ぐに走らせました。国道をはずれ、山道を越え、名も知らぬ土地を過ぎ、林の中で道が途絶えるまで。

そして、そこで私は詩帆に結婚を申しこんだのです。

彼女の返事をもらったのは次の日曜日でした。その日は、なぜか二人とも口数が少なく、時折、交わす会話も妙にぎごちなく感じられました。変な比喩ですが、お互い壊れやすいガラス細工を掌中に握ったままデートにやってきたといった状態を連想してしまいました。帰り際まで、結婚については一言も触れず、さよならの挨拶のあとで詩帆は、もののついでのように付け加えたのです。

私のプロポーズを受入れることを。

まったくさりげないものでした。その時期が私の人生のいちばん幸福な季節だったと言えるのではないでしょうか。彼女と別れた後、そのまま短距離疾走のスピードで飛んで帰り、家にたどりついても、じっとしていることができず、大声で喉も裂けよと流行歌など怒鳴りたてたほどの興奮ぶりでした。眼に映る世の中がすべて平面化して見え、きらびやかに彩られているような感じを受けました。

私はもう詩帆に夢中になっていたのです。

詩帆は私に対して、何か不安を抱いているような気がしないでもなかったのですが、杞憂に過ぎないと決めつけていました。しかし、その予感は不幸にも適中してしまったのです。

希望という言葉が反転し、絶望というネガが浮き出してきたようなものです。幸福なぞ霞よりも薄いものだということを身をもって確認したことになります。世の中には永続する幸福なぞありえないのでしょう。

式の数日前のことです。詩帆は私に、過去のあやまちを告白したのです。黙っていて悪かったと泣いて謝りました。どうしても話しておかねばならなかったと言うのです。彼女に責任はなかったのです。巷にはよくある、世間知らずの娘がだまされた……そんな話にすぎなかったのです。

他人事であれば、世間話として二、三の相槌と見せかけの同情を示す仕草だけで聞き流せたのでしょう。ですが、この場合だけは、そういう受け取り方をするには衝撃が大きすぎたのです。そのうえ、その頃の私は、若さが持つ一種の異常な潔癖性と悲愴感を兼ね備えていたのですから。

詩帆を慰めようという感情と、徹底的に罵倒してやりたい衝動が激しく葛藤していました。

これは運命づけられた詩帆との愛の試練なのかもしれない、耐えるべきハードルの一つなのだ……そう思いこもうと努力したのですが、人間の弱さというものでしょう、自分をだまし続ける自信はとうとう湧かなかったのです。今、詩帆を許し、すべてを水に流したとしても、心の片隅にしこりを残してお互い暮らしていくことになるのでしょう。数十年後、そのしこりがふとした口のはずみから思わぬ形で噴き出すことにより、傷つけあうことになるのは眼に見えていました。その結果、私と詩帆が憎み合って暮らしていくことになるとすれば……。

私自身の性格のエゴイスティックな部分については私がいちばんよく心得ているつもりでした。ですから、その光景が今にも眼に浮かぶような気がしたものです。それは地獄に堕ちるよりもひどい苦しみでしょう。

かといって、詩帆と別れて彼女を完全に忘れた新生活をスタートさせる自信も、私にはありませんでした。それほど詩帆は私の魂の中で重要な部分を占めていたのです。詩帆と別れたとしても、それはそれで煉獄《れんごく》のような暮らしになるのだと思いました。

詩帆は私の心の中の言いようのない痛みをつらいほど理解していたようです。

その結論にたどりついたのは、どちらからということもなく暗黙のうちの合意といったものでした。私と詩帆が考えついた唯一の解決法。二人の愛を永遠に持続させるステロタイプで伝統的な方法。

――結婚式を挙げたら二人で死を迎えよう。肉体を離れ、汚れのない魂だけの世界で永遠に結ばれようと……。

まさに、第三者が聞けばてれくさくなるような飛躍だらけの理屈でした。死こそ最高なりというやつです。

式は、私と詩帆の二人だけの簡単なものでした。役所で戸籍上の手続きを済ませ、私のアパートの六畳間で、カティサークの三、三、九度の盃を交わしました。

それから、レンタカーを借り、私たちはそのまま水子岬にむかったのです。詩帆が景色の良い場所を望んだからです。

私に、もうためらいはありませんでした。水子岬でしばらく私と詩帆は景観を楽しみ、それからアクセルを精一杯踏みこんで、崖から車ごと身を投げて……。

生き恥とはこういう状況を指していうのでしょう。私は軽い打ち身の他、傷もなく奇跡的に助かってしまったのです。気がついたのは病院のベッドの中でした。白一色の視野の中で暫く何も思い出せず、ぼんやりとしていたようです。何時までも続く静寂が不安感を与え、突然、詩帆のことが頭に浮かびました。私はベッドからバネのように飛び出すと、医師を探しまわり、詩帆の安否を尋ねました。しかし、その答は……絶望的なものでした。

詩帆は頭蓋骨陥没による脳死を迎えていました。肉体的死が訪れるのも時間の問題だというのです。私は詩帆の枕元で後悔し、自分の愚かさを呪い号泣しました。

私は詩帆を失いたくありませんでした。

もう、方法はなかったのです。

悪魔が、詩帆を生き返らせてやると言えば、私は自分の魂を売り渡していたに違いありません。その時、私は発作的に最後の可能性を思いついたのです。それこそ、悪魔の考えそうなことだったと思います。

詩帆は医師の話どおり、なす術もなく数時間後に死んでいきました。

私は、その夜、霊安室に忍びこみました。卵細胞の一部を切り取り、自分の研究室へ運びこみました。

先にお話ししたかと思いますが、私はその時期、霊長類のクローン培養研究に従事していたのです。

私がその行動をとった時点での思考経路は次のようなものだったと思います。私が、〝死〟という短絡的結論を選んだのは、詩帆の現在の身体が物理的に汚されていたということが、私の利己的な倫理感から許すことができなかったからです。だとすれば、詩帆の肉体が、完全な新生を迎えるとすれば、私の迷い、その問題点はすべて解決されることになるのではないでしょうか。研究中のクローン培養で、詩帆の肉体が生まれ変ったとすれば、私と詩帆は何の憂いもなく愛し合うことができる……だとすれば、私がそれを試みることは、私の倫理感に対する一つの義務ではないのでしょうか。そう考えたのです。

クローンは、卵細胞に精子を与えることなく成体へ培養する生化学の一分野です。遺伝子は、その母体となった成体と同一ですから、理論の上ではすべての点で母体と同じ個体が誕生することになるわけです。母体の複製と呼んで差しつかえないでしょう。

つまり、私は詩帆の複製を作ろうと考えたのです。

その時点で、私の研究はニホンザルのクローン培養までの実験は成功していました。優生種の純血保護が研究の目的だったのです。表向きは、食糧危機に対応するための蛋白源の開発ということになっていたと思いますが、資金を援助している財団が思想的に偏向しているというとかくの風評が立っていましたので世間の風当たりも決してよいものではなく、色眼鏡を通して見られがちでした。クローン研究が、複製人間の誕生に結びつくのは明白でしたし、人口爆発を目前に控えた人類にとって、それは危険な科学以外の何物でもなかったのです。まして優生保護、劣種淘汰という思想がクローン研究のバックボーンとなっていると信じられていましたし、それは狂人の妄想でしかないと一般には考えられていました。平等の社会では不必要な科学なのです。

ですが、私の詩帆再生への願望と努力は無理のないことだと思っていただきたいのです。遺書などなかったことから、警察では好意的に、単なるハンドル操作ミスによる転落事故として扱ってくれ、遺体を引きとった私は、その夜、詩帆を弔ったのです。

ですが、研究所の実験室では、詩帆の卵細胞が着実に一つの独立した生命体としての成長を開始していました。ガラス管の人工羊水の中で一人の胎児として詩帆は生まれ変っていたのです。誰の汚れた手もまだ触れたことのない私だけの……純潔なままの詩帆が。

人工的な細胞核を与えることにより、卵細胞は無限とも思われる分裂を繰り返し、胚の形状をとるまでに至ったのです。詩帆であるはずですが、胚の状態ではニホンザルも人間も区別はつきません。ただ、脊椎動物だろうと推測できる程度のものでした。しかし、ヒトかケモノか見分けのつかない、それであっても、クローニングの目途がついた段階では私は感無量だったのです。

数カ月の後、詩帆は再びこの世に生を受けました。神ならぬ私の手によって……。私は詩帆であるその新生児を、世間の手前、裕帆と名付け、詩帆と私との間にできた娘として育てていくことにしました。

見切りの時期だったと思います。同時に私は研究室勤務を辞職しました。クローン開発が人体への応用へ辿りつくのは時間の問題でしたし、クローン人は非人間的で無個性の画一化した自然の理を逆撫でするような人格を創造すると信じられていたために、クローン人間製造の禁止をうたう法まで作られようとしていた時代だったのですから。やはり、世論はその方向で拡がっていき、数カ月後には明文化された法令として制定されてしまったのですが……。

私は知人の医師をやっている男に無理に頼みこみ、裕帆が産まれ落ちた時期を詩帆の生存期間中であった……というふうに証明してもらいました。つまり、戸籍上、裕帆は私の実子ということになったわけです。それは、私の手で裕帆を育てていく上で、世間の注意を避ける最低の条件だったのではないでしょうか。

それからは無我夢中の毎日でした。ひとり身の私は、裕帆の食事の世話、おむつの取替えを含め育児のすべてにかかりきりになってしまいました。当然ながら生計の収入をも得なければなりません。どうやってあの時期を切り抜けたのか……。目まぐるしさだけが思い出として残っています。その心の支えとなっていたのが赤ん坊の裕帆です。在りし日の詩帆の面影がそのまま裕帆に残っていることが、私の眼にもはっきりと判別できるようになったからです。クローン人として当然のことなのですけれども。

事情を熟知した人がもしいたとすれば、その人の眼に映った私の努力は、やや狂気じみたものに見えたかもしれません。裕帆がこのまま無事、成長を遂げ成人となった時、裕帆は詩帆へと変わり、私を一人の男性として愛してくれるはずだと確信していたのです。

実は、その頃クローン研究者の間では、〈レヴィン伝説〉と呼ばれる俗説が存在していたということを、お話ししておいたほうがいいでしょう。クローン有機体として分化成長した個体は、母体のDNAの遺伝子だけでなく、その細胞の中には、後天的な記憶さえも伝えられているというのです。ローズマリー・レヴィンの非公認の実験で、こんな事例が伝えられています。シェパード犬が食事を摂るたびに、イヌ笛を吹いて聞かせるのです。すると、食事を与えなくてもイヌ笛を吹いて聞かせるだけで唾液を分泌しはじめる……ここまではパヴロフの条件反射の実験と何ら変わることはありません。このシェパード犬の卵細胞を使用してクローニングした時のことです。そのクローン・シェパードもイヌ笛の音を聞かせただけで親犬と同様、唾液を分泌し始め、食事を要求したというのです。

ただ、クローン化されたシェパードは一頭ではなく、数頭のクローン・シェパードが創《つ》造《く》られたのだそうですが、すべての仔犬が生まれた時から母体の条件反射を発現させたのではなく、クローン犬の中にも個体差があり、ある成長段階に達した時、突然、母体の条件反射の記憶が蘇った例もあるそうです。当然、母体の記憶など蘇らなかった個体もあったそうですが、それぞれの比率がどんなものであったかということは、その実験が実際に行われたものかどうかということと同じ程度に不明確なのです。〟伝説〟と称される所以でしょう。そのうえ、あの時点を境として、クローンに対しての研究は冷遇されているのです。現在では日陰の学問でしかありません。〈レヴィン伝説〉はあくまで俗説でしかないのかもしれません。しかし、幾許《いくばく》かの真実が含まれていなければこのような伝説は生まれなかったのではないでしょうか。そう私も信じていました。そして私も、その少々の可能性に賭けていたのです。

私にとって、裕帆はまるで妖精でした。

幼稚園が休みの日、私は裕帆と二人きりで、詩帆と遊んだ地蔵遊園地へよく出かけたものです。一緒にメリー・ゴー・ラウンドに乗り、ジェット・コースターでは叫び声を挙げました。裕帆は人波の中で透き通るような笑い声をたて、飛び跳ねて私をひき回しました。

観覧車の中で、私は裕帆を膝の上に抱きかかえ、優しく尋ねました。

「裕帆が世界でいちばん好きな人はだーれだ」

裕帆は頬を私にすり寄せて言いました。

「もちろん、パパよ」

私と裕帆は雨の遊園地の片隅のパラソルのついたベンチでホット・ドッグをかじりながらじっと雨のやむのを待っていました。

「裕帆は大きくなったら、何になるの」

「お嫁さんになるわ。パパのお嫁さんに」

裕帆は口をとがらせて、真剣な顔でそう言いました。裕帆はほんの子供だったのです。私が裕帆の言葉をそのまま信じていたわけではありません。それは、その世代の女の子を持つ親なら誰でも体験する微笑ましい会話の一つに過ぎないのです。ですが、私は裕帆を溺愛していたことは否定できません。

その頃、私は世間の人々と私的には没交渉の状態を続けていました。それでも世話好きのタイプの知人の一人が私に再婚話を持ってきてくれたこともありました。もとより私にはそのつもりは毛頭ありませんでした。

私には裕帆がいたのですから。

驚かされたことが一つありましたっけ。

その日、私は裕帆におみやげを約束しておきながらそれを忘れて帰宅したのです。裕帆は、私がおみやげを忘れてきたことを知ると、小首をかしげ、右手を突き出し、人指しゆびを振りながらチョッ、チョッと舌打ちしました。

「だあめねえ。パパ」

その時は、心底、びっくりしてしまいました。その仕草は、私が約束に遅れた時などふざけて怒ってみせる詩帆のジェスチャーとまったく同じものだったのです。

その刹那、私の脳裏を〈レヴィン伝説〉の可能性についてのセルフ・ディスカッションが渦巻いていました。発現の徴候でしょうか。もちろん、私が裕帆に対して詩帆のクセについて教えたことなぞ一度もなかったのです。

私は興奮し、裕帆に尋ねました。

「思い出したのか。その、その……「だあめねえ」っていうのを」

よほど、私は殺気走って見えたのでしょう。裕帆は恐怖を感じたかのように、べそをかきながら、私にしがみついて言いました。

「パパ知ってると思ったわ」

裕帆はテレビを指さしていたのです。

「今、流行っているのよ。ほら、あれ。近所の子みんなやってるのよ」

テレビではコマーシャルが写し出されていました。まず、数人の奇天烈な格好をしたボードビリアンらしい男達が、商品の洗剤を使って新品同様のワイシャツに洗いあげます。

それから見るからに薄汚れた貧相な男が登場し、他社の洗剤を使って洗濯するのですが、出てきたのはヨレヨレの汚れ模様だらけのワイシャツです。そこでその男は、他の男達に裕帆のあのアクションで、「だあめねえ」と激しく攻撃されるのです。ああ、何という早とちりだったのでしょう。

そんなこともありましたが、私はすべての余暇の時間を裕帆とともに過ごしていたといえるでしょう。必ず、裕帆という幼虫が脱皮して、詩帆という蝶へ変る日が来るはずなのです。そして裕帆にとっての私が本当は誰なのか、彼女が知る日がくるに違いないのです。

全く、早いものです。月日の移り変わりを河の流れにたとえる人がいますが、私も同感です。もがき、流され、気がついた時は二十年の歳月が経っていたのですから。

裕帆も、もうすぐ二十歳なのです。

裕帆は、外見何ら世間一般の女性と変ることはありません。ただ違う点と言えば彼女が詩帆に間違いないということだけです。

姿かたちはいうまでもありません。彼女の性格までも詩帆そのままだったのです。持ちまえの純真さと、それでいて滲みでてくるような立居ふるまいの格調の高さ。裕帆の近くにいるだけで灯りがついたような気分になれるのです。

しかし、まだ裕帆は、彼女が詩帆であった時代の記憶を取り戻してはいませんでした。

突然この相談を裕帆から受けた時の驚きたるや、筆舌に尽くしがたいものがあります。まるで闇打ちにでもあったようなものです。

裕帆は数ヵ月前からある青年と交際していたのです。それだけではありません。その男性は裕帆に結婚を申しこんだというのです。どんな気持か問い詰めてみると、裕帆もまんざらではないらしく、近々、我が家へ遊びにきてもらうことにしているというのです。お父さんにも紹介しておかなくっちゃ……と裕帆は顔を紅く染めてそう言いました。真面目で誠実な男だそうです。一途にまた真剣に裕帆のことを思っていてくれるのだそうです。

それを裕帆から聞いた時、瞬間的に私は眩暈《めまい》に似たものを感じていました。思わず、背後の壁に寄りかかってしまったほどです。

嫉妬ではありません。それは戸惑いに近いものでしょうか。

私は裕帆が詩帆の意識を取り戻す日のために、意識的に裕帆には異性との交際を避けさせていました。もし、裕帆が他の男を愛し、その後で詩帆の記憶が蘇ってしまったとすれば、その状況は裕帆にとっては地獄でしかないのです。

――真実を今、すべて裕帆に話してしまうべき時ではないのか……。今なら裕帆を思い止どめさせることができるのではないのか。

私は、その叫びだしたいような衝動を必死に押えていました。

……もし、〈レヴィン伝説〉が根も葉もない嘘っぱちだったとしたらどうでしょう。裕帆が決して記憶をとり戻さないとしたら……私のエクセントリックな告白を裕帆はどういうふうに解釈しようとするでしょうか。

裕帆の、信頼される父親像は粉々に砕け散り、私は業のお化けのような厭らしい、賤しげな一人の老人に変ってしまうのではないでしょうか。裕帆自身も、男のエゴのためにのみ生を受けたことに対して激しい自己嫌悪に陥るかもしれません。そうなってから私がどう言い訳けしても、その言葉は虚ろに響くに違いないのです。近親相姦の是を論じる狒々爺と何ら変ることはないでしょう。記憶が戻らない以上、私は裕帆の父親以外の何者でもないのです。

それから、私は色々と思いめぐらせてみました。冷静になって彼女の記憶を取り戻す方法を検討してみたのです。

やはり、賭けてみるしかない。そう私は思いました。強引かもしれませんが、不自然でなくいちばん、可能性の高い方法。記憶を取り戻すための触媒の利用です。詩帆との懐かしい日々が閃光のように脳裏を駈け抜けていました。私の短すぎた青春の日々……。

ためらいながら……背後からロッキング・チェアを悪戯っぽく揺する裕帆に私はさりげなく提案しました。

「今度の日曜日、水子岬へドライブに行かないか。詩帆の……お母さんの二十周忌に当るから、花束を持っていきたいんだ。そうだ、裕帆と子供の頃よく行った地蔵遊園地に寄っていくというプランはどうだい。ちょうど、水子岬へのコースの途中にあるし……」

詩帆の最後の記憶である水子岬で、あの日あの時とまったく同じ状況に我々を置くことによって詩帆の記憶が戻るのではないでしょうか。

私は〈レヴィン伝説〉に最後の望みをかけたのです。


車を運転する私の口数は、自然、極端に少なくなっていました。助手席には花束を持った裕帆が、まるであの日の詩帆のように坐っていたのです。

「まっすぐ、水子岬へ行くか。それとも遊園地に先に寄ろうか」

何か話題のきっかけを摑もうと話しかけたのですが、裕帆は特別な反応は示しませんでした。

「どっちでも、いいの」

私は煙草をくゆらせつつ、まず地蔵遊園地へと車を向けました。

遊園地は休日のためか、子供連れの行楽客が多く、きっと、はたから見れば私達のカップルは異質な存在に映ったことでしょう。この遊園地にこうして訪れるのは、そう十年ぶりということになるのでしょうか。

「ねえ。あの風見鶏を見て、お父さん」

急に裕帆がはしゃぎ声で指さしたのは、古ぼけた風見鶏でした。そのありふれた錆びだらけの風見鶏は、園内に設けられた小さな博物館の屋根の片隅を陣取っていました。

「あれ憶えてない。私、あれが欲しいって駄々をこねたのを憶えてるわ。お父さん、すごく困ってたもの。私が幼稚園の頃よ」

そうでしたっけ。私の記憶も怪しくなってしまったのでしょうか。そう言われてみれば、そんな気がしないでもないのです。

裕帆は次に、私の腕を引いてジェット・コースターへ誘いました。そんなところは、裕帆もまだまだ子供なのです。目まぐるしい景色と風圧。若さを持つものだけの楽しみの道具でしょう。私は胃に圧迫感が拡がるのを感じただけでした。

パラソルのついたベンチで裕帆と私は腰を下し、ホット・ドッグとコーラに取組みました。

「裕帆が子供の頃、こうやって一緒にホット・ドッグをかじったのを憶えているかい」

「雨が降っていたわね。お父さん」

「ああ、そうだ。どしゃ降りだったっけ」

「私、あの頃、本気で大きくなったら、お父さんのお嫁さんになる気でいたのよ」

裕帆はそこで、声を挙げて笑い出しました。私も、そのジョークに一緒になって笑おうとしたのですが、妙な生々しさに、現実には苦笑いが精一杯だったようです。

「そろそろ、お母さんの水子岬へ行ってみようか」

私と裕帆は再び熱気に満ちた車へと戻りました。それから、先程までの会話の糸はぷっつり途切れてしまい、私も暫く口を開くことがなかったのです。

「今日のお父さん、何だか変よ」

裕帆に言われるまでもなく、私はステアリングをとりながらも物想いに耽っていたのです。死の手段を決行したあの時の事を……。

アクセルを踏みこむ前に垣間みた詩帆の表情です。唇をかみしめ、瞳を閉じた詩帆。長い睫《まつげ》が印象的でした。それから、浮遊感が私を襲い、詩帆のあの癖のない豊かな黒髪が眼の前でたゆたうように踊り……。

詩帆の表情からは何の悔いもうかがうことはできませんでした。

「そうね。当然だわ。事故を起した場所へ近づいていくんですもの。あの日のことを思い出したんでしょう……。無神経なこと、言ってごめんなさい。お父さん。変なこと言っちゃったわ」

そうだ。あの日のことを私は無意識のうちに思い出していたのです。裕帆にも、ある程度はあの時の状況を、詳しく話してやるのもいい方法かもしれません。うまくいけば、詩帆の記憶が戻るための起爆剤になるかもしれないではありませんか……。そう考えたのです。

「あの日も、今日と同じ西陽が厳しくってね。ひぐらしが車の中にまで鳴声を響かせていたんだ……。詩帆も、今の裕帆みたいに助手席に坐っていた……櫛で髪を何度もとかしていたっけ」

裕帆は私の話に興味を示そうとせず、車窓の景色に見とれているように見えました。しかし、裕帆は突然私の話を遮りました。

「どうして、お父さんとお母さんは私を連れて行かなかったの」

その質問は予想外のものでした。瞬時、絶句してしまったのです。

「さあ……。誰かに裕帆の子守りを頼んでいたのかなァ。くわしいことは忘れてしまったけれど」

とぼけてみせるのがいちばんだと思いました。裕帆自身が、真実を思い出さなくてはいけないのです。私は裕帆が詩帆自身であることなぞ決して口にはできないのですから。憶い出すのを助ける各種の条件を与えることはいいのです。しかし、私自身の口から言ってしまっては無意味になります。私から〝父〟という仮面《ペルソナ》をとることは私の精神機構からは不可能なのです。私はそういう性格の弱さを持った人間なのですから。

「そうだね。詩帆も……お母さんも、今の裕帆みたいに風景に見とれていてね。あまり、話らしい話をしなかったような気がするよ」

私は、ドライブ・インに車を停めました。

「ああ、このドライブ・インだったっけ」

外装は二十年前とほとんど変っていませんでした。あの日、詩帆は髪をとかすための櫛をここで買ったのです。

最近、塗装をやり直したのでしょうか。全体のイメージが少々、青っぽい感じに変ってしまったような気がしました。

「お母さんは、髪をとかしたいと言ってね、ここで五分ばかり、買い物に行ったんだ」

詩帆は死装束を整えておきたかったのでしょう。裕帆にとっては、ここは初めての場所のはずでした。

「ここは、いろいろと珍しい土産品とかアクセサリイが揃ってるという話だよ」

私の言葉に促されたように裕帆は車を降りました。

「中へ入ってみてくるわ」

ドライブ・インに向って歩き始めた裕帆の後ろ姿は、あの日の決心した詩帆のそれとなんら変ることがありませんでした。私は車を降りることもせず、ドライブ・インから裕帆が戻ってくるのを待ちました。五分も経たなかったでしょうか。

再び水子岬へ向かう車中で、裕帆は額に手をあて、もの想いに沈んでいるように見えました。

「どうだった」

他に話しかけようもなく、そう言ったのです。

裕帆はゆっくり首を振りました。

「裕帆は、お母さんが欲しかったのかい」

「さあ……。欲しかった頃もあったような気もするけれど、ずっとお母さんなしで通してきたからわかんない……。お母さんってどんな人だったの。お父さんから見た一人の女性として」

裕帆から子供の頃よく受けていたこの種の質問でしたが、裕帆も今は一人の成長した女なのです。それは裕帆に対して逃げのない回答でなければなりません。

「お父さんは、そう……詩帆に初めて出会うずっと前から、理想の女性のイメージを描いていたんだ。具体的にはっきりと型どられたものではなかったのだけれど、裕帆のお母さんを初めて見た時に、直観的にわかったんだ。ああ、お父さんの理想の女性だなって。それまで、お父さんが理想の女性について語る際に用いる、比喩のすべてを備えていたのが……詩帆だったんだ」

「結婚しても、理想の女性像は変らなかったの」

「そのとおりだよ。明るくて、優しくて、細やかで。そして美しくて」

「まあ、お母さんって私と全然違ってたのね」

「いや、裕帆はまったくお母さんとそっくりじゃないか。顔立ちも、いやあ、ちょっとした仕草まで恐ろしいほど似ている時があるよ。あたりまえだろうな。同じ血が流れているのだものな」

そう言い切ってしまった自分に、我ながら驚いてしまいました。

「ところで、今度は裕帆の番だ。交際している青年って、どんな感じなんだ。詳しく聞きたいな」

意図的に話題を変えたわけではありません。会話の流れといったものです。裕帆は少々唇を突き出し、困ったような表情をしてみせました。

「ん……。すごく真面目で、一途な人よ。ユーモアがあるのが取柄なんだけれど……。何だか、感じが若い頃のお父さんに似ている気がするわ。電子工学の応用面の研究やってるらしいんだけれど、話をしてると全然そんな感じがないの……。内緒にしてたけれど、さっきの地蔵遊園地にも一カ月くらい前に彼と一緒に行ったの。楽しかったわあ」

「で、裕帆は、その青年と結婚してもいいと思っているんだな。気に入ってるんだろ」

その質問に、裕帆がゆっくり頷くのがわかりました。

「……でも、不安なの」

私はその一言で、ほっと溜息をつきたい気分でした。

「彼、私を愛してくれているのは、わかるわ。実感として感じるの。私には、とても優しくしてくれて……。でも言葉ではうまく言い表わせないんだけれど、あまり優しいので、言いようのないこわさを感じてしまうことがあるの。お父さん、こんな気持わかんないでしょう。私も確実に、彼を愛しているのがわかるのに……」

遠景として前方に拡がった水子岬は相変らず、強い潮風とまともに闘っていました。道路際に背丈の低い赤松林が果てしなく続いています。

「初めてきたわ。水子岬に」

そうなのです。私自身、水子岬へやって来たのはあれ以来のことなのです。岬の先端への道路までは何度もSカーブを通らねばなりません。

「もう、岬の先端だ」

赤松林が切れると、絶壁になった道路の下はすぐに海が眺められるのです。白い潮の飛沫が、海面から突出した岩礁の上で砕けて踊っていました。私にとっても水子岬は二十年ぶりのことでした。あれ以来、眠りの中で、何度もこの水子岬に立たされていたのです。詩帆とも、裕帆とも、数知れず夢の中で、ともにここへ来ていました。そのたびに、彼女達は私を一人残し、岬から身を躍らせていました。私は、その光景に絶叫し、目を醒まします。その繰り返しでした。そんなことから、私は無意識のうちに水子岬へ近づくことをためらっていたのかもしれません。

私は水子岬の最先端のカーブで車を停止させました。左車線の縁の外に車を寄せ、私は車を降りました。特有の潮とオゾンの匂いが鼻をつき、しとど湿気を含んだ風が横なぐりに吹きつけてくるのを感じるのです。

我々以外の誰も岬には見えません。あの事件のあとに設けられたのでしょう。頑丈そうな腰の高さほどの白塗りの鉄柵がこれみよがしに立ち並んでいました。

「情緒も打ち消しだな。昔はこんなものはなかった」

鉄柵を蹴りながら、感慨深げにもらすと、裕帆が笑い声をあげました。

「ふふ。でないと、お父さん達みたいに事故を起す人を防げないじゃない」

それもそうです。裕帆は車内から花束をとり出し、私にさし出しました。

「献花はお父さんがやるべきよ」

夏の花々でした。ダリヤ、ケイトウ、フヨウ、コスモス……。それに名も知らぬ色とりどりの花々。私は裕帆から花束を黙って受取り、岬際の道路の端に置きました。花粉が風に吹かれ、不規則に舞いました。横を向くと、裕帆は瞳を閉じ両手を合わせていたのです。

裕帆が顔を上げるのを待って私は尋ねてみました。

「何、お祈りしていたの」

「二十年経って初めてここへ来たでしょ。ここまで成長したことの報告、それから、〝彼〟のことも知らせておかなくっちゃ。私のお母さんなんですもの」

私はその時、初めて激しい嫉妬にかられました。同時に真実をすべてぶちまけてしまいたいという例の衝動も襲ってきたのです。だが、その衝動を押さえる代償として発作的に一つの試みを行おうという欲望を押さえることはできませんでした。ふっ切れたはずの未練でしょう。あの〈レヴィン伝説〉のことが頭をもたげたのです。もし、あの伝説が本当だとしたら、きっと裕帆は思いだしてくれる。そして、それを試す機会は、今しかないのです。


「裕帆。お父さん達が落ちた場所はどこだと思う」

「さあ、花を置いたところでしょう」

私は裕帆の腕を握って言いました。

「いや、もっと右寄りの場所だ。ちょっと見てみよう」

私は裕帆の手を強引に引っぱり、その場所へ連れて行こうとしました。

「急にどうしたの。お父さん。変よ」

不安そうな裕帆でしたが、私はおかまいなしに崖縁まで導くことにしました。強風と潮の飛沫が顔を撫でました。崖壁に砕ける潮の音が急に激しく響き始めたように感じたのです。

「さあ、こっちだ」

私達は、鉄柵を乗り越え、崖縁に立ちました。抗う様子を見せていた裕帆も、今は大きく眼を見開き、崖下を見おろしていたのです。明らかに裕帆は恐怖の表情に変っていました。

「さあ、見なさい。ここだよ。ここで、詩帆と私は事故にあったのだ。ここから落ちたんだよ」

何故、私が急に人が変ったような行動をとり始めたのか、裕帆にはどうしても理解できないように見えました。しかし、これが、詩帆の記憶を呼び醒ますために残された唯一の方法でしかなかったのです。私が最善と考えた行動でした。

花束が、一塵の強風で崖下へ吹飛ばされていきました。途中で紐が切れて色とりどりの花々が万華鏡のようにクルクル回りながらゆっくりと落ちていくのが見えたのです。

「大丈夫だ。お父さんが裕帆の肩を支えている。よく崖下を見るんだ。何が見える。裕帆、何を連想する」

「やめて、お父さん」

私の声は、自然、絶叫に近くなっていたようです。

裕帆は眼を閉じていました。

「だめだ、しっかり見るんだ。そして、何を感じたかそのまま言うんだ」

「何も感じるはずがないわ。こわいだけよ」

激しく肩を揺すって私の腕をはずそうとする裕帆を私はしっかり握りしめていました。

「何かを感じるはずだ。何かを……」

「だめよ。お父さん。何を感じるというの」

私の声は半ば泣き出そうとしていました。

「頼む、裕帆。思い出すはずなんだ」

裕帆は振り向くと驚いたように眼を見開き、私の顔をのぞきこみました。

私は裕帆を崖から引き離しました。裕帆の表情からは生気が失せ、唇は蒼白に変っていました。しかし、裕帆の目だけは正視できなかったのです。

「大丈夫かい」

眼を伏せ、私は裕帆に心底済まない気持でいっぱいでした。裕帆は大きく首を振りました。

「何も思い出せるはずがないわ。お父さんは、若い頃のお母さんのイメージを私に投影しているにすぎないのよ。私は私よ。もう、お母さんはいないのよ」

私は興奮のあまり、何を言ってしまったのでしょう。これだけは、はっきりと悟りました。〈レヴィン伝説〉は裕帆の場合には当てはまらなかったのです。

「すまない。お父さんはどうかしていたらしいよ」

なぜ、再び私はここへ来てしまったのでしょう。私には二十年前からわかっていたはずだったのです。未練が断ちきれなかったのでしょう。

裕帆は私に気づかいつつ、そっと肩から私の腕をおろしました。

私の内部で、二十年前のあの惨めな記憶が蘇ってくるのを感じたのです。私は救いようのない愚者です。それは、二十年前に、詩帆のクローニングのために、遺体に執刀した時点でわかっていたはずなのです。詩帆の卵細胞を子宮から摘出しようとした時、私はそれを知ったのです。

詩帆があやまちなどおかしていなかったことを。

なぜ、詩帆があのような嘘をつかねばならなかったのか、私にはどうしても理解できなかったのです。ましてや、詩帆は私との死まで決意してくれたのです……。

私は詩帆を真に愛していたとは言えなかったかもしれません。詩帆を愛する資格さえなかったに違いないのです。ましてや、そのような私には、はなから裕帆に過去を思い出させる権利なぞ持ち合わせていなかったと言えます。

「お父さん帰りましょうか」

私の背に裕帆が声をかけました。

私はしばらく崖を凝視していました。

——今なら死ねるかも知れない。崖から身を躍らせるのにたいした努力もかからないだろう。

数瞬のためらいでした。それから、踵を返し、裕帆の後を追って車へと帰りました。私はやはり弱い人間だったのです。

車のイグニッションを回しながら、私は裕帆に話しかけました。

「今週、彼の暇な日はいつだろう」

「さあ、なぜ」

「会ってみたいんだ。裕帆が選んだ人なら、きっと素晴しい男とは思うんだが」

「まあ、彼、喜ぶと思うわ。明日でもすっ飛んでやってくるわ。ほかの用事をキャンセルしても」

私は力いっぱい、アクセルを踏みこみました。窓を閉めた車内にはもう風の音も聞こえてきませんでした。

「このあいだ、彼と遊園地に行った時のことなんだけど」

裕帆は思い出したように言いました。

「すごく、彼がなつかしく思えたの。私、お父さんの若い頃に彼が似てるって言ったけれど、それ以前に、彼といると、何か遠い遠い昔の暖かさみたいなものを感じちゃうの」

私の体内を直観的にびくんと電流みたいなものが走ったのです。まさか……。まさか……。

「それで」

「それだけよ。彼があんまりやさしいもので、ペンダントをプレゼントしちゃった。ううん、高価なものじゃないの。地蔵遊園地のプラスチック製のメダルなの」

裕帆の言葉に私は、あの日詩帆が私をベンチに置き去りにして買ってきたメダルのことを思い出していたのです。

「刻印式のやつだろう。知ってるよ。自分の好きな文句がダイヤルで刻めるやつだな。……〝努力します〟とでも打ったのかい」

自嘲的な冗談のつもりでした。しかし、その時、裕帆が大きく眼を見開いたのがわかりました。明らかに驚いていたのです。

「まあ、どうしてわかるの」

「いや……それより〝努力します〟ってどんな意味だね」

その意味を知ったところで、今の私には仕方のないことだったのですが。そんなことは、どうでもよいことなのです。

裕帆には、やはり〈レヴィン伝説〉が発現していたのでしょうか。

しかし、その意識下にある詩帆の記憶の中の、私としての特性の一つである〝若さ〟は、私からはすでに失われていたのです。そして私がなくしたものを備えた私そっくりの彼のところへ、裕帆は〈レヴィン伝説〉に従って戻ろうとしていたのでしょう。

裕帆のせいではないのです。私自身が、詩帆に愛された頃の私とは変ってしまっていたのです。心も、肉体も。

「彼に会うのが楽しみだな。〝努力〟しろよ。絶対に彼を離すんじゃない」

「ありがとう。……もう、絶対離さない。お父さんの言葉でふんぎりがついたわ」

私は車を止め、胸のポケットから、あの古ぼけてしまったペンダントをとり出し、裕帆の首にかけました。

「これは、お母さんから貰ったペンダントだ。〝努力します〟って文句が刻んである。偶然だろう。私から裕帆へプレゼントしよう」

「まあ、お母さんが……」

その古ぼけたメダルに裕帆は眼を輝かせました。

「今まで、お母さんってすごく遠い存在に思えてたけれど、何だか急に身近に感じたわ。やはり、血というのは恐いわね。同じ文句を考えつくなんて。大事にするわ。私のお守りにします」

大切に持っていたメダルを裕帆に与えたことに寂しさはありませんでした。むしろ何か、私の胸に溜っていたものが消え去ったような気分でした。でも、裕帆の選んだ彼とはどんな人物なのでしょう。願わくば私と違って、真に裕帆を愛し抜くことのできる力強いタイプの青年であってくれれば良いのですが。

そして私は今、暮れなずむベランダでロッキング・チェアに揺られながら、彼の来訪を待っているのです。

裕帆はキッチンで、今夜の彼と私のために腕をふるっているのでしょう。裕帆の歌声にオーヴァー・ラップして、水子岬から帰りしなの私たちの会話を思いだしてしまいます。

「裕帆は、お父さんと彼がいい話し相手になれると思うかい」

「もちろんよ。きっと素晴らしい友人同士になれると思うわ。私、保証する」

永かったな。……老いの自覚がふと吹き抜けていきました。

裕帆の歌が消え、玄関で男の声が聞こえました。そして、はしゃいだ裕帆の声。

「お父さん、彼よ。今、みえたの」

私はゆっくりと椅子から立ちあがりました。その時、ベランダに、思いがけず肌寒い風が吹きこんできたのです。

私の中で、今度こそ本当に詩帆が去っていくのを感じました。

もう……夏も終りなのです。

梨湖という虚像

私は、他人の人生をコマ落としの映画のように眺める生活に馴れきってしまったような気がします。無理もありません。亜光速で星々を飛びまわり、数年ごとという間隔で旧友や知己に会いまみえるのですから。

ウラシマ効果というのでしょうか、外見上の私は殆んど変化しないのですが、知人たちは再会するたびごとに、その間の出来事を彼等の頭髪の色の変化や瞳の周囲の小皺といった、一つの印として刻みこんでいるのです。そして、その一人一人が昔日の思い出や、愚痴、異常な体験、喜びを交えて自分の人生の足跡を語ってくれます。

そういう時、ふと私は彼等と同じ時間のレールを走ることのできない自分自身に、疎外感を感じてしまうことがあるのです。これは、私自身が選んだ、航宙士という生業《なりわい》にふさわしい宿命なのかもしれません。

ただ、これだけは確実に言えると思います。人とは違う時間線を生きる私にとって、他人の人生の傍観者ではあっても、そこへ介入する資格はないということです。

これから語ろうとする梨湖《りこ》という女性についてのエピソードも、その他人の人生の一つの在り方にすぎないと言いきってしまえば簡単なのでしょう。ですが、私と梨湖、それにもう一人、これから語るうえで欠かせない人物奈瀬進《なせすすむ》は宙専大学に在籍していた頃からの友人同士だったのです。酒があれば集まり、なければないで借り住まいの私の部屋で将来の夢を時の経つのも忘れて披露しあったものでした。私と奈瀬は現体制を無責任に批判し、宇宙の彼方の楽園の帝王となった自分を得意気に語りました。それを梨湖は涼し気な微笑を浮べて黙って聞いていたのです。

梨湖と奈瀬進、それに私は同期生でした。しかし、梨湖はまさしく少女そのものだったのです。窓際に腰を下ろし、小首をまげて私たちの話を聞いている仕草。そう、その頃の彼女はまだ世の中の見てはいけない部分、成人になればいやでも正視しなければならない汚れたもの……にまだ触れたことのない幼な児のような瞳を持っていました。

この人は天使だ……私の直観的なイメージでした。

梨湖を最初に私にひきあわせたのも奈瀬でした。宙専大学に入学して、一週間も経ったころでしたでしょうか、無重力生物学の講義で知りあった奈瀬の下宿を訪問した時、突然彼女を紹介されたのです。奈瀬と一時間も彼の部屋で馬鹿話を続けていた時、偶然にも梨湖が遊びにやってきたわけです。突然の異性の訪問に奈瀬はあたふたと慌てまくり、柄にもなく「粗茶でも……」と部屋中をあっという間に片付け終え、お湯を沸かし始めました。もちろん、奈瀬が湯飲みなぞ気のきいたものを持っているはずがなく、梨湖に差出されたお茶はカップ・ヌードルの容器に注がれたものだったのですが。

奈瀬は耳もとまで紅潮させながら梨湖を紹介しました。ただのガール・フレンドなのだと、必要以上に伏線を張る奈瀬が滑稽に見えたほどです。

「彼女を子供の頃から知ってるんだ。梨湖も今年から我々の同期生というわけで……」

「いつも進さんに幼稚園に連れていってもらってたんです。ガキ大将にいじめられようとするとすぐ進さんが駈けつけて助けてくれました」

奈瀬の頬の紅潮は仲々ひこうとしませんでした。

その時の、梨湖の奈瀬に向けた視線の熱さは、鈍感な私にも十分すぎるほどわかりました。梨湖と奈瀬はお互いに好意以上のものを持っていたのです。

梨湖という名の少女は私の目から見ても、容姿だけではなくすがすがしさと素直さを兼ね備えた（奈瀬にはもったいないほどの）いい娘だと思いました。

それから、私たち三人の交際が始まったわけです。夏は海水浴、試験前になれば、三人で雑魚寝同様の一夜漬の猛勉強。秋はレンタ・カーでのドライブ。三人揃ってのアルバイト、そしてスキー。楽しい日々が続きました。しかし、私は無意識のうちに奈瀬をライバル視している自分自身に気がついていました。梨湖に対しての自分を必要以上に意識していたのです。当然、そのような考え方が行動となって表面に出ないよう極力注意をしていたわけですが。

奈瀬という男も、実に気のおけないさっぱりとした性格の好漢で、客観的に考えても彼と梨湖はなかなかのカップルだと思えたわけです。しかし、エゴからくる矛盾でしょうか。激しい嫉妬にいたたまれなくなってしまう自分をふと感じてしまい、我ながら嫌悪感に襲われてしまうのでした。

奈瀬は、そんな私の気持に気がつかないままでした。或る日、彼は遂に私に相談という形で梨湖のことを告白したのです。

宙専大学から宇宙省へ就職し、地球を離れた場所で任務につく……私もそうであったのですが、それが学友たちの九割以上が希望していた平均的なコースでした。奈瀬も宇宙省への就職を望んでいました。しかし、進路の選択について迷いを持っていたのです。地上勤務を希望するべきか否か……。自分は梨湖を愛している。梨湖も同じだ。一緒に暮らしていくうえで彼女にとって地球外の勤務はまずいのではないだろうか。異世界での出産、子供の教育、社会性の喪失、そんな問題も考えていたようです。

奈瀬と梨湖は愛しあっている。

予感はありました。不安と一抹の焦燥の伴った予感が。しかし、かくも面と向かって奈瀬の口から告白されると、その瞬間は確かに動悸が速くはなったものの、冷静でありたいということを自覚しつづける冷静な自分を観察するという、奇妙な自分に気がつきました。つまり、奈瀬の話を十分理解し、助言しようとする余裕はとてもなく、「アア」とか「ウウ」とか口をはさむほどの反応しかできなかったわけです。

私は空返事の合間に奈瀬の口からはっきりと、梨湖が結婚に同意したということを聞きとりました。

適切な助言ができるはずもありませんでした。卒業を間近に控え、奈瀬としても焦りもあったのでしょう。私は、二人の力になるということだけを約束し、ぎこちない祝福の言葉を奈瀬に贈りました。

三人で次に会った時、奈瀬は私に、地上勤務の通信士としての進路を決意したことを告げました。梨湖は、今まで同様の態度で、私にも接してくれました。予想していた梨湖の奈瀬に対しての恋人同士のベトベトしたところが微塵もなく、その点で私は妙に安堵したのです。

悲劇が起ったのは、最終進路選択の直前のことでした。

奈瀬が事故死したという、信じられないでき事でした。

環境訓練中、生体維持装置の内部火災で窒息死したのです。真空の超高温の人工環境で、ポット・タイプの装置に入って作業訓練を行っていた時、装置が急に停止し、訓練室から運び出した時、既に死亡していたのです。私はその授業は受けなかったのですが、ちょうど、悪いことに梨湖はその事故の現場にいあわせました。

回路の短絡と制御装置の故障という二重のトラブルに見舞われたためです。梨湖は半狂乱になって遺体にとりすがったということでした。無理もありません。

梨湖と数日、学内で出会うことはありませんでした。あの事故は、失意というには余りに深い精神の傷痕を彼女に残していったのです。彼女の生きる希望と目的の両方を瞬間的に剝ぎとっていってしまったのですから。

私にとっても奈瀬の死は、胸に風穴をあけられたような思いでした。信じられず、今にでも「おい、一杯つきあえ」と部屋に押しかけに来てくれるような気がしたものです。彼がよく歌ったハンク・ウィリアムスのカントリー・ナンバーも耳もとで響いているような感覚にとらわれました。と、同時に梨湖が奈瀬だけのものにならなかったという現実を思い起して安堵している自分に気付き、嫌悪感を催してしまうのでした。

ある日、思いきって梨湖のアパートを訪ねてみました。彼女の進路もまだ決定されていなかったこともありますが、数日姿を見せないので病気でもしているのではと心配したのです。

梨湖は自分の部屋に鍵もかけずカーテンを引いたまま、隅のほうにうずくまっていました。

私は梨湖の名前を呼びました。

「進さんなの？」

薄暗がりからの彼女の声は鬼気迫るものがありました。

「……」

真実を梨湖に正視させ、現実を乗り超えるだけの強さを取戻させる以外に彼女が復帰できる道はないと咄嗟に考えました。逆療法をとったのです。

「奈瀬進は訓練中に死んだじゃないか。きみの眼で確認したはずだ。いつまでもふさぎこんでいたところで進が帰ってくることはないよ」

できるだけ素っ気ない調子で私は言いました。胃の腑をちぎられるような思いでした。やさしい慰めの言葉の一つもかけたかったのです。

「わかっています……」

私は追い打ちをかけるように厳しい言葉を投げつけました。

「進路最終選択が迫っているんだ。どうする。このまま廃人になったらさぞや進も悲しむよ。男だったら、外人部隊にでも入隊するってところかな」

「……」

私はそれだけ言うと彼女の部屋を飛びだしました。

まさかと思いました。彼女が元気を出してくれれば憎まれてもいい……そんな気持で吐いた科白でした。ところが、最終進路を見て驚いたのです。梨湖は地上勤務の希望を撤回し、アルデバラン星系7γ－Ⅲ有人観測星勤務の希望を再提出していたのです。二十歳そこその娘が……。有人観測星と言っても定員は一名。人類の文明も届かぬ場所なのです。しかも、その星の観測員は数十年空席となっているのでした。

当然、あっさりとその希望は受理されました。同時に私も辺境地区星域巡回宙航任務の辞令を受けとったのですが、その時のショックは喩えようがありません。彼女のその決意というものが、はかりきれなかったからです。

しかし、一応、定期的に彼女と顔を合わせることができるという点ではかすかな喜びさえ感じました。私の担当辺境地区にアルデバラン星系が含まれていたからです。梨湖と顔を合わせるごとにでも力づけていってやろう。地球での平凡な生活を再び望むようになったらできる限りの協力をしよう。それが、進と梨湖に対する義務だと思いました。梨湖が明るい笑い声さえとりもどしてくれれば……。

実際、勤務についてみると、予想以上に私の仕事は苛酷なものでした。担当地区に必要な資材を供給してまわるのです。私と梨湖が定期的に顔を合わせるといっても、三十数ヵ所の観測星を受持っているのです。亜光速で星々を飛びまわるにしろ、数年ごとの間隔は必要でしょう。

梨湖の勤務が決まったアルデバラン星系7γ-Ⅲ観測星の環境も、酷いところでした。太古は、地表の総てが海に覆われていたらしいのですが、現在はその面影はなく、生命のかけらも存在しません。

岩塩に覆われた地表の塩砂漠。熱風と、ブリザードを思わせる厳寒の塩嵐《ソルトストーム》の、数時間ごとの繰り返し。

死と狂気の星としか形容できません。前任者が精神障害をおこして退職したという事実を、7γ-Ⅲのガイドから読んだだけで納得できてしまったのです。

もう梨湖を引きとめることは、私にはできなかったでしょう。彼女自身の決意には、もう他人の介入する余地はなかったのです。

彼女の職務は7γ-Ⅲ有人観測星における宇宙空間の、水素電波、星間物質、重力場の観測でした。前任者がいなくなってからというもの、数十年無人化していたこの星です。梨湖が着任した時点では観測所は荒廃の極みであったに違いありません。

最初のプレアデス星団の受持ち星域を消化し、梨湖のいる7γ-Ⅲへ初めての定期訪問した時の感慨は、格別のものでした。宇宙艇を降り立った時の熱風のイメージは、まさに予想通りのものだったのです。生体維持装置の中からでも、岩塩のぎらぎら照り返す光景は身体を汗ばませるに十分すぎる効果を持っていました。要塞を思わせるドームが眼の前に広がっていました。塩分によって長期の間に浸食されたのでしょう。幾重にも鈍い色調の錆が浮出しているのです。この中に梨湖が一人、あたかも隠遁者の生活を営んでいるに違いありません。

前任者が記したものでしょうか。入口に刻まれた「この門をくぐる者は総ての望みを捨てよ」という稚拙な文字が目に入りました。

一抹の不安を抱いていた私の予想を裏切り、梨湖は私を熱狂して迎えてくれたのです。生体維持装置を脱ぐ時間も待てないほど、彼女は気密室の入口ではしゃいでいました。彼女の予想外の明るさに私は戸惑いさえ感じてしまったほどです。早速、私は梨湖の食卓に招待され、シャンペン攻めにあうことになってしまいました。

梨湖は職場を、自分の置かれた環境を、観測所の機能を司る巨大コンピューター〝フェッセンデン〟を熱っぽい口調で語ってくれました。塩嵐のものすごさ、星間物質の屋外分析器の状況、〝フェッセンデン〟の機能の汎用性エトセトラ・エトセトラ。

梨湖は今の職務に満足し、完全に没頭しているように感じました。

「7γ-Ⅲは星自身が一つのバッテリーのようなエネルギー源になっているの。ここの岩塩の成分は、硫酸塩か過酸化鉛が殆んどで、帯電と放電を繰り返しているわけ。塩嵐《ソルトストーム》がある種の充電作用をもたらしているのかもしれないわ。だから、ここのメガロ・コンピューター〝フェッセンデン〟のエネルギー源をこの星と接続すれば、永久機械として使えるんじゃないかと思うの。〝フェッセンデン〟は自己修復機能も持っているし。そうだわ、これから少し時間的余裕ができたら、それ実行してみようかしら」

梨湖の話の、落雷を伴う塩　嵐《ソルトストーム》は想像以上に凄まじいもののようです。

「とてもきれいなのよ。あの狂暴な音さえ、伴わなければの話だけれど。落雷が、まるで蜘蛛の糸の網のように天空を一杯に覆うの。天然の芸術ね。見事という他はないわね」

奈瀬進についての、思い出話のでてくる隙はありませんでした。梨湖さえ、その話題について触れなければ、私はもう口に出す気はありません。

食後のコーヒーを啜りながら、彼女に提案しました。これは事務上の確認というものです。

「何か、必要な物資はないのかな。在庫資材はチェックしたんだが……。今の梨湖に必要なものは、例えば、娯楽用のゲームとか、家庭用品とか……。男は誰でもそうだけれど、宇宙飛行士となると、それに輪をかけて不粋な奴揃いだ。我々が気がつかないで欠けているといった物資があったら、遠慮なしに言ってくれよ」

「そうね……」

梨湖はあの小首をかしげ、はにかむような表情で考えていました。

「ゲームの相手は、今のところ〝フェッセンデン〟がやってくれるし。……そうね、地球に関するデーターの詳しい本があったら、今度持ってきてくれないかしら。地球の気候、生活、教育、料理、政治、習慣、なんでも詳しく載っている本がいいわ。地球を遠く離れて、初めて地球について腰を据えて知る時間を持てたような気がするの」

私は梨湖に微笑みながら頷きました。その程度の要望なら、お安い御用なのです。

ゆっくりと室内を見まわしました。それ迄、梨湖と再会できた興奮と会話の連続で、まだ観察する余裕が持てなかったのです。

私たちがいるのは、入口の気密室のすぐ次の居間なのでした。居間といっても、奥にあるコンピューター室と、扉なしに続いているのです。部屋の隅に、小さいながらも機能的な厨房《ちゅうぼう》兼食料供給装置が備えられており、他に目立つのは、ドームの二階展望室へ昇る、室内中央の螺旋階段だけです。室内装飾の類いは、梨湖が地球から持ってきた、ドライフラワーが本棚に吊してあるだけで、あとは殺風景としかいいようがありません。

「どうです。この観測所の御感想は」

梨湖にそう言われて、私は思わず口籠りました。「味気ないところだな」というわけにもいかないでしょう。

「住めば都……という感じじゃないのかな」

あたり障りのない答でしょう。梨湖はくすっと笑って、正面のコンピューター室に行きました。

「映画でも見ません。前任者が置いていったコレクションがあるの。このスクリーンに写せるから。えーと。『マルタの鷹』『カサブランカ』『黄金』『恐怖の報酬』『キイラーゴ』私もほとんど見てないの。それとも音楽でも聞く？」

私は頷きました。

室内にハンク・ウィリアムスの声が響き渡りました。しかし、曲はカントリー・ナンバーではなく、ビートルズ・ナンバー“P.S. I LOVE YOU”だったのです。

「これは……」

私は意外さに驚きました。ハンク・ウィリアムスがビートルズの曲を……。

梨湖は、驚く私を、悪戯っぽく観察していたのです。

「音質合成なの。私が持ってきたテープはハンク・ウィリアムスの曲が一つだけ。だから〝フェッセンデン〟に学習させて、今ではクラシックから演歌まで、男性の歌は総てハンク・ウィリアムスの声で歌うわけなの。そろそろ、聞きあきた気もするけれど」

私は発作的な思いつきを実行に移してしまいました。確かに思い返せば、軽薄な行動だったと思います。

「こんなのも退屈しのぎになるんじゃないか。時々、思い出した時に、宇宙艇の中で聞いたりしてたのだけれど」

私はケースから一つのカセット・テープを取り出しました。それは、大学時代、奈瀬の下宿で面白半分に録音した私と奈瀬、それに梨湖の喉自慢のテープでした。三人の軽口と笑い声が冒頭にあり、それから私がフォーク・ソング、奈瀬がブルー・グラスの弾き語り、そして梨湖がプレヴェールの詞のシャンソンを歌ったものでした。一人が歌い終るごとに、笑い声と残りの二人の厳しい批評（もちろんジョークだらけの）が入るわけです。

「まあ。なつかしい。借りておいていいのかしら」

梨湖は憶えていたのです。そのテープを凝視《みつ》めていました。

「暑い日だったわね。皆で安ウィスキーをしこたま飲んで酔っぱらって、二、三日は気分がすぐれなかったのよ。でも、いい思い出だわ」

それから数時間後、私は旅立ちました。梨湖は別れを告げる時、言いました。

「次の定期訪問を楽しみにしているわ」


第二回目の訪問までに、7γ-Ⅲは地球時間で、五年の歳月が流れていました。私は、数カ月の飛行と任務を遂行したのにすぎないのです。しかし、その数カ月の間、梨湖に心の裡をいかにして告白しようということだけを考えていました。第一回目の訪問の時は、梨湖の自暴自棄になった姿だけを想像し、如何に慰め、力づけてやろうかということだけで、頭が一杯の状態でした。しかし、快活な梨湖を見て、もう、その必要はないと感じたのです。そして、別れの時に梨湖が口にした再会の約束が、耳もとにずっと残っていました。もう、奈瀬に気兼ねなく、正々堂々と梨湖に私の胸の内を告げても許せるのではないかと思ったわけです。

もし、梨湖が私を受け入れてくれるとしたら、二人で今の任務を辞めよう。そして地上勤務に就くんだ……そんなところ迄、空想の翼を広げていたのです。

胸をときめかせ、私は7γ－Ⅲに降り立ちました。

五年の時の流れは、梨湖にとっては、そう永いものではなかったようです。少なくとも外見上は、そう変ってはいませんでした。

私は梨湖と約束していた地球カタログを渡し、とりあえず資材の補給とチェックを済ませました。

「CRTスクリーンを三つほど置いていって頂けないかしら。〝フェッセンデン〟に使いたいの」

梨湖の要望で、コンピューター〝フェッセンデン〟純正部品であるスクリーンを、新たに補給しながら、私は梨湖に何と言って話を切りだすべきか、その最良の方法を検討していたのです。

「何か、今日までのあいだに変ったことがあったかい」

私は、一応、事務上の手続きだけは済ませておこうと思い、念の為、梨湖に確認をとりました。

「いいえ、別に。毎日、塩嵐と熱風の連続なだけ。ん……と、二度ほど第三地点からの観測データーが途絶えたことがあるわ。どちらも、短時間、五分ほどだったかしら。つい最近のことよ。まだ故障が続くようだったらなんだけれど、今のところ正常に作動しているようだし、気にする必要はないかもしれない」

「重力波観測機の一つだね」

そう言いながら重力波観測機のデーター受信記憶装置のスイッチを入れてみますと、確かに半年前と、二カ月前の個所に一度ずつデーターの線が切れた部分が写し出されました。

第三地点は、インフォメーション・パネルから見るとドームから北西に二キロほど離れた地点のようでした。

梨湖が、突然、〝フェッセンデン〟に向って叫びました。

「あの、第三地点は前から調子が悪かったのかしら。つまり、私の前任者のころからという意味だけれど」

私は一瞬きょとんとしてしまいました。

「いや、以前はそんなことはなかったようだよ」

返ってきた声は若い男性の声でした。その声には私も聞き覚えがあったのです。

——奈瀬進
「あの声はまさか」

私が思わず声を発すると、梨湖はさりげなく言いました。

「そう。進さんの声です。私も強いふりをしても、やはり女ね。完全に忘れさることはできなかったの」

彼女は、私が残していったテープから、進の声を分析、合成し、〃フェッセンデン〃の声として使っていたのです。その、会話合成技術《スピーチ・シンセサイザー》は、鼻音や摩擦音を伴った音質だけではなく、イントネーションやアクセントまで奈瀬と寸分違わぬ、高度なものだったのですから。

「やはり、最近、観測機械に変調が起ったのかもしれないわ」

梨湖の話にも、私はしばらく反応できないでいました。

「あら、ごめんなさい。前もって話していなかったから驚いたのね。この前の訪問の時、お借りしたテープを〃フェッセンデン〃に学習させたの。音質から口ぐせまで、そっくりそのまま。……この星で一人暮らしの話相手として〃フェッセンデン〃にスピーチ・シンセサイザー装置を付けるというアイデアなら、誰にでも思いつくことじゃなかったかと思うの。ただ、私の場合、どんなにふっ切ろうとしても、結局、進さんのことを忘れることができなかった。それで、もう開き直ったわけ。フフフ……。でも、話相手として、単純に進さんの声音を真似するだけのコンピューターなんて、艶消しでしょう。悪趣味かもしれないけれど、私はこの〃フェッセンデン〃に進さんを……私の心の中にいた進さんに関する総てをコピーさせたの。その時、私は〃フェッセンデン〃に言ってやったの。あなたは今日から進さんなのよッて。そして必要な情報は総てインプットしてやったわ。私が知っている限りの進さんの生い立ち、進さんの趣味、思い出話を語るためのいろんな昔のでき事を……。だから、今じゃ、〝フェッセンデン〟は進さんのパーソナリティを備えた……というよりも進さんそのものなの」

それから梨湖は自嘲的に呟くように付加えました。

「数種類の観測データーを地球に送るだけの業務に対して、こんな巨大コンピューターを備えるのがもったいないのよね。容量の十パーセントも使いこなしていなかったんだから」

それから梨湖は私に顔を向けました。

「ねぇ。何か進さんに話しかけてみて」

私は戸惑ってしまいました。それから、やや照れながら、名前を呼びました。

「おい、奈瀬。聞こえるか」

〝フェッセンデン〟が奈瀬進の声音で答えました。

「なんだ、おまえか。久しぶりだナァ」

私は、それから次の質問を〝フェッセンデン〟に投げかけたのです。

「こちらこそ久しぶりだ。おまえが俺に初めて、梨湖さんを紹介したときのこと、覚えてるか」

二秒程の間がありました。

「ン……と。だいぶ前だな。俺も照れ屋でね。ガール・フレンドを友人に紹介するんで、だいぶ上っていたよ。入学式から四日目だったっけな」

まさしく進でした。しかし、梨湖がプログラミングした進ですから、梨湖の記憶内での話題しか持たないのです。

「そうだ。無重力生物学の講義の後、おまえの下宿へ遊びに行って紹介されたんだからな」

「そうだったっけ。それは忘れていた。プログラムしておこう」

奈瀬の声がそう答えたので、梨湖は声を押殺して笑いました。

「当然、進さんが知っているはずの質問を受けた時は、知らなかったと言わせずに、忘れていた、と答えるようプログラムしてあるわ」

私の心の中で、梨湖に対して使用する筈だった様々な愛の言葉が、切れぎれの断片となって遙か彼方へ飛去っていくのがわかりました。梨湖が奈瀬のことを忘れさったに違いないと考えたのは、私の一人合点に過ぎなかったのです。私は、そのことを悟った瞬間、身の置きどころのない恥ずかしさに襲われました。自分の愚かな思いあがり……。

梨湖は、一時は奈瀬のことを忘れようと努力もし、ためにこのさいはての地にもやってきたのでしょう。しかし、この孤独の星で職務の合間に何をするのでもなく、死んだ恋人のことを想い出したとしても、決して不自然ではないのです。

「ねぇ。よかったら進さん……じゃない〝フェッセンデン〟に進さんの思い出なんかを話して聞かせていただけないかしら。私の知らない進さんの癖とか、男同士の話とか……。だって今の段階での〝フェッセンデン〟の進さんは、私の思い出の中に極めて主観的な個性しか備えていないと思うんです。あなたが、〝フェッセンデン〟にもっといろんな思い出や、進さんの性格を教えていただいたら、〝フェッセンデン〟の進さんも今まで以上に〝人間的な〟深みがでてくるんじゃないかと思って。どうかしら。もちろん、完全な進さんそのものにはなれないと思うけれど」

私にはわかりました。梨湖が私を歓迎するのは、進に関する思い出を私が共有しているという事実に対してなのでしょう。

それでいいじゃないか。奈瀬の親友として、私は残された梨湖の力になってやるということで……。

その夜の食事で、私は珍しく限度を考えない強引な飲みっぷりを示し、梨湖と〝フェッセンデン〟の進とともに夜遅くまで馬鹿っ話を続けました。

その会話を、私は十分に楽しんでいたか否かという点になりますと、何とも複雑な気持なのです。

「そうだわ、まだ言ってなかったけれど、この観測所のエネルギー源を取替えたのよ。この星から直接エネルギーがとれるの。だから、充電装置だけで永久にこの観測所は生き続けるわよ。素晴らしいでしょう。

進さんの歌は、いつもカントリー・ナンバーばかりだったでしょう。スタンダード・ナンバーも歌ってくれるのよ。"End of World"とか。すごくうまいの」

梨湖もほどよく酔いが回り、饒舌《じょうぜつ》になっていたようです。書棚から一冊のアルバムをとり出して、私に観せてくれました。そのアルバムの殆んどの頁に貼られた写真には、梨湖と進、それに私が、一緒に写っていたのです。

「この時は、皆でドライブしたのよね。で、ドライブ・インを出てからすぐパンクしちゃったでしょう」

梨湖は中の一枚の写真を指しました。そういうこともあったのです。

「ねぇ、進さん、覚えてる？」

〝フェッセンデン〟は、そのデーターをまだ梨湖から受けていなかったのでしょう。黙したままでした。私はちょっと気を良くして梨湖と〝フェッセンデン〟に口をはさみました。

「あのパンクの時はひどかった。スペアタイヤが入ってなかったんだから。二キロは少なくとも三人で押しているよ」

私と梨湖は、その時本当に心の底から笑いました。

私が初めて見せて貰ったのが、梨湖と進の幼稚園時代の写真でした。私のよく知っている二人が縮小相似形で並んでいたのです。園児服を身につけた二人は、何が楽しいのかわかりませんがこちらを指さして口を大きくあけながら、笑っているのでした。

初めて〝フェッセンデン〟がこのアルバムに関して話題を持ちだしました。

「その写真で、ぼくと梨湖が笑ってるのは、何故だと思う」

非人間的なテレビカメラが頭上から、このアルバムを覗きこんでいたのです。

「いいや、知らない」

私は正直に答えました。

「確か、カメラマンが近所の写真屋のおじいさんで、ぼく達の機嫌を損わないようにと、いろんな物真似をやってくれたうえで写したやつなんだ。その時はオランウータンの真似をやりながらじゃなかったかな」

「その通りよ。進さん」

梨湖が満足そうに言いました。

窓外を覆う夜の闇の中を一瞬、光が走りました。

「ほら、夜の塩嵐《ソルトストーム》よ。もう、お疲れでしょう。部屋でお休みになったら、私も自室で休みますから」

あてがわれた部屋から、夜の光景を眺めることができました。防音効果のため、音こそありませんが、その気候の激しさは闇の中を光条が走るたびに静止画としてとらえることができたのです。

私は独りごちました。

「奈瀬は、梨湖のこんな状態に満足しているんだろうか」

「何とも言えないな」

答えたのは〝フェッセンデン〟でした。もちろん、進の声でです。〝フェッセンデン〟はこの観測所の総ての場所に存在し、そして、この観測所そのものなのかもしれません。

進の声をした機械が言いました。

「私の使命は、この観測所の主人に満足を与えることだ。現在の主人は、私が進であることに満足しているようだ。私がもっと進という男性のパーソナリティを備えれば、より、主人は満足してくれるはずだ。あなたは、さきほど、主人から進に関する思い出や性格を私に教えるよう依頼された。私にそれを教えて欲しい。あなたの眼からみて進とはどんな人だったのですか」

機械的な思考の論理で〝フェッセンデン〟は私に頼みました。

「そうだなあ」

私はベッドの上にひっくり返って、ひとりごとのように呟きました。

「いいやつだったなあ」

「いいやつ？」

私はお構いなしに続けました。

「ああ、何よりもまず、奈瀬は梨湖を真剣に愛していた」

「愛していた？」

「そうだ」

「……具体的なデータが欲しい。事例から共通する概念を紡いでいく。まず、いいやつであった例から話してくれないか」

私は大声で笑い出してしまいました。やはり機械なんだなあと思いながら。

「そうせかさないでくれ。夜はまだ長いようだから、ぼちぼち話していくことにするよ」

第三回目の訪問はそれから二年後という短い間隔でした。他の星系の観測員異動が偶然に重なったこともありました。といっても梨湖の外見上の地球年齢は三十歳代に入ってしまったはずです。私の方はというと、外見上の地球年齢は二十四歳そこそこといったところでしょうか。

しかし、今回の着陸はひどいものでした。塩嵐《ソルトストーム》の真只中に飛びこむことになってしまったのです。今までの訪問が恵まれすぎていたのかもしれません。

梨湖が、生体維持装置に入って戸外で私を誘導してくれなかったら、ひょっとして吹き飛ばされていたでしょう。彼女が入っていた生体維持装置も、生命綱でドームと繋がれていたほどですから。

観測所内に入ると、今までの嵐が別世界のことのように感じられました。梨湖と二年ぶりの再会を祝しあい、すすめられるままに、居間の椅子に腰をおろしたのです。

その時、壁面に大きなパネルスクリーンが、新しく掛けられているのに気がつきました。

「その後どうだ。身体もかわりないか。異星での健康は重力と密接な関係があって、十年めくらいが、いちばん不調が発現しやすい時期らしいんだけれど」

私の質問に微笑んだ彼女は、もう完全に年齢相応の落着きを持った一人の女性に変っていました。

「御心配ありがとう。異状なしのいたって健康というところよ」

私も微笑み返しました。そしてカメラに向って「進も、その後、調子はどうだい」

すると、〝フェッセンデン〟の前に置かれていた、巨大なCRTスクリーンが閃いたのです。あれも、前回の訪問の時、私が置いていったCRT装置だったはずです。

「おかげさんで、私も変わらない」

進の声でした。声だけではありません。CRTに進が、彼の顔が大写しになっていたのです。

「疲れたろう。ゆっくりしていけよ。私は飲めないから梨湖が相手してくれる」

静止画像ではありません。進がCRTの中から私に話していたのです。それは、まるでテレビ電話で相手と話しているような錯覚さえおこさせました。

「これは……」

私は、進が死んだことを思い出し、死者との通信装置を完成したのではないかとまで疑ったほどです。驚愕の一語でした。

ただ、テレビ電話と違うのは、奈瀬進は全体像として巨大スクリーンに写っていたのです。

「虚像よ」

梨湖が自嘲的に言いました。と同時に、居間に新しくかけられたらしいパネルスクリーンが閃きました。そのスクリーンも大きなもので、幅が三メートル、高さが二メートルはあるでしょうか。

映像は一つの部屋を写していました。まるでこの居間に続いて、もう一つ部屋があるといったふうに見えるのですが、違うのは、その部屋は地球の一戸建の家屋に見られる典型的なデザインの室内装飾が施されていたのです。この居間の白いトーンと調和するような、地中海によくあるタイプの家と思えました。その映像の部屋の窓からは、庭続きの田園風景、それに遠景として海岸線まで望めるのでした。

私にはわかりました。これは私が持参した、地球カタログからコピーされた映像なのです。見たおぼえのある景色だと思ったはずです。

「そっちの部屋へ行くよ」

進の映像が言いました。映像の彼は、今、書斎に立っていたのです。彼の姿がコンピューター室のスクリーンから出ていきました。それからパネルスクリーンを注意していると、映像の部屋の扉があき、進が中に入ってくる場面が写りました。彼はゆっくり部屋の中央まで歩いてきて、安楽椅子を私たちの方にむけ、ゆっくりと腰をおろしたのです。

スクリーンの位置が壁の最下部から取りつけられているため、彼はまさに私たちと相対して応対しているという印象を受けます。

「久しぶりだったな。相変らずだね」

進が落着いた口調で言いました。

「ああ」

私は生返事して、そっと梨湖の反応を盗み見ました。しかし、彼女は、先刻から私の驚きぶりは承知のうえで、それを楽しんでいたのです。

「進さんの写真からなの。ディスプレイ装置に表現できるように、何枚もの写真を記憶させたの。だけど静止画像だけじゃつまらないから、表情をつなぎあわせてアニメートさせたわけ。写真にない部分は、〝フェッセンデン〟に類推《アナログ》させて私が修正を加えて……。

進さん。横を向いてくれない」

進がゆっくりと横を向きました。その表情のある瞬間に、スナップで見憶えのある彼の表情が再現されていました。

これは進じゃあない。これは誰かわからないけど、進のような男性なのです。しかし、梨湖にとって、これは彼女の思い出の中に存在する進そのものの具象かもしれません。

「進さん。悪いけれど、まだ仕事の打合わせが残っているんです。席をはずしてもらえません」

梨湖の言葉にスクリーンの彼は微笑して、部屋から出ていきました。厭《いや》な顔をするわけでもなく。

彼女は私に振り返って尋ねました。

「いかが……」

私は無言のままでした。悪趣味だというのが本音なのですが、それを口にすれば、彼女を傷つけてしまうような気がしたのです。明らかに彼女はこの労作の正当な評価を受けたがっていました。私が、進の映像と会えたことを喜んでいると考えたのかもしれません。下手にけなして、私がこの映像の進に嫉妬していると彼女が感じる……ことはないにしてもどの道、この場合、黙ったままが一番いいような雰囲気でした。

「どう思いました」

仕方なく、私は本音を吐きました。ただし、その映像のそれに関してではなく……

「よほど、奈瀬進を愛していたんだなあ」

梨湖はゆっくり頷きました。

「業みたいなものね。忘れようとしても忘れられない。忘れられないのなら、いっそのこと思って〝フェッセンデン〟を使ったのだけれど……。完全なものをと思って進さんに似た存在に近づけていけばいくほど、虚しくなってしまうんです。このあいだの、あなたの訪問で〝フェッセンデン〟は、より進さんに近い個性を備えたのは事実よ。私にとってはほぼ完全な進さんなのだけれど、所詮、現実の世界にいる私と、映像の中の進さんとは次元が違うのね。口答えするわけではなく、うまく言えないけど、何かが違うの。スクリーンの壁でいつも隔てられていて……焦立ちさえ感じることがあるんです」

それが限界なのです。いくら完全なものに近づいたところで。

「でも、方法がないわけじゃないわ」

彼女は思いつめたように言いました。

さりげなく話題を変えようと努めました。あまりにやりきれないではありませんか。

「他に、何か変ったことはなかったのかい」

私の気持を察したのでしょうか。梨湖は慌てて作り笑顔を浮かべたのです。

「ええ……。そう言えば第三地点の観測機械の変調がひどいみたい。このあいだなんか二十時間もデータ送信が停止したの。まだ、暫くこの状態が続くようだったら、部品ユニットを交換しようかと思ってるの」

第三地点の変調は前回の訪問の時からなのです。

「交換作業をやっていこうか」

女性には困難すぎる作業なのではと私は気づかったのでした。

「いいわ。どうしても調子が悪いとき自分でなおすから。ありがとう」

7γ-Ⅲからの通信が途絶えたとの連絡を受けたのはプレセペ星系を宙航中のことでした。7γ-Ⅲへの臨時巡航を指示されるより速く、居ても立ってもおられず、既に航路を梨湖の星へと向けていました。最高速度でもプレセペからは一年半もかかるのです。前の訪問から五年も経っていたでしょうか。彼女も、今は中年過ぎの年齢のはずです。

一体、何が7γ-Ⅲに起ったのでしょうか。

塩嵐。落雷。あの狂ったような星の光景が脳裏に浮かびました。

まさか病気になったのでは……宇宙病、それとも怪我。悪い想像ばかりが膨んでいくのです。

ひょっとして何事もなく、慌て顔の私をいつものように笑ってむかえてくれるのではないでしょうか。ただの通信機器の故障よと、ちょっと照れながら。

そんなふうであってくれればいいのですが。

7γ-Ⅲの地表に降り立った時、そのあまりの静寂に意表を突かれた思いでした。乾燥した粉状の塩が、岩塩の上に複雑な風紋を描いていました。それが微風に吹かれて徐々に形を変えていくのです。そんな光景が視界の果まで、ずっと続いているのでした。

その中に、ぽつんとアンバランスな存在の観測所であるドームが立っているだけなのです。

私は風紋に足跡をつけ、星の美観を損ねることなど、一切お構いなしで、ドームまで走りに走りました。

室内に入ると、生体維持装置を脱ぎ捨てるのももどかしく、梨湖の名前を叫んだのです。

答はありません。

居間から、書斎、寝室と、総ての部屋を走り回りました。しかし、どこにも梨湖の姿は存在しなかったのです。──消失？

気がついて、私は気密室の入口へ戻りました。なかったのです……梨湖が使用していた生体維持装置が。

外部に梨湖の足跡らしきものを見ることはできませんでした。私がつけてきたらしい足跡が一種類だけ。梨湖がこの観測所を出てから、どのくらい、時が経ったのでしょうか。一年、……一年半。椅子の上の埃ではかれる時の経過はその位のものでしょうか。

居間の椅子に腰かけ、私は、なすすべもなくため息をつきました。第三地点からのデーターは正常に送られてきていました。きっと、梨湖は、部品交換にでかけた時、あの狂気のような塩嵐に遭遇したに違いありません。

梨湖のあまりに虚しい一生を思い起すと、ため息ばかり続いてでてくるのです。私に、もう少し勇気があったなら、梨湖に愛を告白し、ひっぱたいてでも、地球へ連れ帰ることができたはずです。しかし、今更、そう思っても仕方ないことでしょう。どう、できるわけでもありません。

生体維持装置に身を包んだ梨湖が、塩嵐の雷鳴の中を、吹き飛ばされそうになりながら、観測所への道を探そうとしている……そんな光景が眼に浮かびました。

哀れすぎる。

愛する人を事故で失い、その悲しみに耐えるため、辺境の地に仕事を求め、それでも過去の恋人を忘れることができない。なす術もなく時を過ごした挙句、彼女はある日突然、不慮の死を迎えてしまう。

あまりにやるせないではありませんか。観測員の死として受けとめるには彼女は、私の心の支えとして、あまりに大きな存在でした。

こういう時、誰でもいい。話相手が欲しくなるものです。私はコンピューター〝フェッセンデン〟の存在を思い出しました。確か、梨湖は〝フェッセンデン〟のエネルギーを、この7γ-Ⅲから直接、永久的に採っているはずです。〝フェッセンデン〟に聞けば何かわかるかもしれません。

「進！　フェッセンデン！　聞こえるか」

〝フェッセンデン〟は何も答えませんでした。もう一度、私は叫びました。

「進、聞こえたら返事してくれ」

何度、呼びかけても同じことなのです。

私は〝フェッセンデン〟の出力部の装置が切れていることに気がつきました。キィを押してやると、CRTスクリーンに文字が浮かんできたのです。

――このプログラムは、観測員が〝フェッセンデン〟と四十八時間以上、対話を持たなかった場合に自動的に開放され、他のプログラムは自動的に閉鎖される。このプログラムは開放されてから九千七百十二時間、経過しており、現在も継続中である。

そんな意味の文字が流れていきました。

スクリーンに進が映りました。「進!」私は思わず叫びましたが、この前、〝フェッセンデン〟に映った彼と違い、私の存在に全然気がつかないふうなのです。

彼はパイプをくゆらせながら、白い部屋の中で、誰かに微笑みかけているのでした。

その微笑が誰にむけられたものか、すぐに知ることができました。

画面の隅からでてきた女性は、梨湖だったのです。彼女は、進の横の揺り椅子に腰をおろし、やりかけだったらしい編み物をはじめました。

進と梨湖は何か、言葉を交わしながら時々笑い合っているようですが、音声が入っていないため会話の内容までは知ることができません。

私は、気がつきました。梨湖の腹部の膨らみにです。彼女はマタニティ・ドレスを身につけ、幸福そうな表情を浮かべていました。

私は何度か、画面の二人に話しかけたのですが、何の反応もありません。

彼女はコンピューターのあの画像の中へ転移したのでしょうか。そんな錯覚さえ抱いてしまいました。

私は悟りました。これは梨湖が自分の生涯でかなえられなかった夢を託した虚像なのです。コンピューター〝フェッセンデン〟の内宇宙に構築された梨湖の理想世界そのものといえるでしょう。

たしかに梨湖と進は、今、〝フェッセンデン〟の中で一つの生活を持っていたのです。これは、虚像の進を作り上げながらも、完全な進に近づければ近づけるほど異和感を持ち続けた梨湖の一つの解決法だったのでしょう。そして、もしも、自分の身に何かがあった場合、自動的にプログラムが発現するようにしておいたのです。

彼女の死が契機となり、彼女の理想世界がスタートする。そのことよりも、これほどの進への想いに対して、こういう形で彼女なりの〝愛〟を完成させた彼女の行動に、私は感動さえ感じていました。彼女は虚像の中で、あと数カ月後に出産するのでしょう。そして、その子たちは無限エネルギーの〝フェッセンデン〟の内宇宙で成長し、社会に出て、新しい伴侶と結ばれ……そこまでプログラムされているものでしょうか。

〝フェッセンデン〟は、もう梨湖と進そのものなのです。第三者の介入することのできない……。この観測所をこのままの形で保存するために、ドームが塩嵐で崩壊したと虚偽の報告を地球に提出しようと思います。たいして、重要な星ではないはずです。すぐに7γ-Ⅲは忘れ去られることでしょう。

この星を発つ前に……私はあることを思いつきました。

梨湖と進に話しかけることはできなくても、手紙を送ることはできるのではないでしょうか。

私は長い長い手紙をしたため〝フェッセンデン〟にインプットしたのです。但し、私がこの7γ-Ⅲを発ってから十時間後に彼等の許に手紙が届くように。学生時代の思い出、二人への祝福、これからの生活のこと、私の仕事の近況などです。

彼等は手紙を受取った時、どう反応するようプログラムされているのでしょうか。

再び、私はこの星を数年後に訪れてみるつもりです。虚像の梨湖と進が7γ-Ⅲの塩嵐の中で、平穏で幸福な生活を続けているのであれば、私にとって、ここは永遠のオアシスに違いありません。

他人の人生に介入できない我々にも、その程度の喜びは許されていいのではないでしょうか。さようなら梨湖。さようなら〝フェッセンデン〟。

私は虚像であろうとなかろうと、梨湖の子孫たちまで見届けてやるつもりでいるのですから。

玲子の箱宇宙

　その包装紙には、いろんな形状の星雲がデザインされていた。きれいに包まれてリボンがかけられている。

　一辺が四〇センチほどの立方体。

「これ、誰からかしら」

　結婚祝の品々に混って場ちがいの感じの箱がまぎれこんでいた。

「変ねえ。贈りぬしの名前も書いてないし。まちがって届いたんじゃないかしら」

　着がえもしないままに、玲子《れいこ》は、その箱を手にとってみた。見かけと違って予想外に軽く、空箱ではないのかと疑ってみたほどだ。

「祝い品のチェックは明日やろうよ。新婚旅行ってこんなにクタクタになるものだとは知らなかった」

夫の郁太郎《いくたろう》が、アーム・チェアでぐったりした声をあげる。

「でも……。これだけ。ちょっとあけてみたいの」

しかたがないなという表情で、夫はうなずく。玲子は夫に微笑をかえし、リボンを解きにかかる。

夫は「コートぐらい脱げよ」と言い、キッチンに消えた。

包装紙の中は白い箱だった。

デコレーション・ケーキが入っているといっても不思議ではない。表に、金箔で、こうレタリングが施されていた。

〈ユニバース・ボックス／フェッセンデン社謹製〉

「変だわ。中にも贈りぬしの名前が書いてないのよ」

夫が、玲子のまえにコーヒーを差しだした。キッチンで、湯を沸かしていたのは、このためだったのだろう。

「まあ、落着いて一服しようよ。その贈りぬし、よっぽど、そそっかしい人だったのだろうな」

そう言いながら、夫は祝電の束を手にとっていた。

玲子はコーヒーに口をつけるのももどかしく、白い箱を開いた。発泡スチロールの詰めものをとると、それは透明な立方体の箱だった。

透明な表面から中を覗きこむと、無限の漆黒が広がっていた。目をこらすと、闇の中にいくつかの光点を見ることができた。

「ねえ、見て。箱の中に宇宙があるのよ」

玲子は、夫の前に箱宇宙を置いた。

「ふうん、室内用のアクセサリイ品か。新製品なのだろうな。グラス・ファイバーやら、比重の異なるワックス泡あたりを使ったインテリア・アクセサリイがあるだろう。あんな一連の商品だろうな。でも、この2DKじゃあ、置く場所もないしなあ。もっと広いところへ移るまで、かたづけといたほうがいいんじゃないか」

あまり興味もなさそうに郁太郎は、箱宇宙から祝電の束に目をもどした。

結婚するまえは、もっと真剣な顔で私の話を聞いてくれたんじゃなかったかしら。ふと、玲子はそう思っていた。

白い箱の中には、一枚の紙きれが残っていた。

ユニバース・ボックス説明書

この箱の中には、ほんものの宇宙が入っています。お部屋のインテリアとしてお使いください。なお、このユニバース・ボックスは人知を超えた動力によって作動していますので、エネルギーの補充は不必要です。

注意：箱の表面下部についているダイヤルは動かさないでください。このダイヤルは箱内宇宙時間経過を調節するためのものです。
万一、不良品がございましたら、交換させていただきますので、御手数ではございますが、弊社技術開発部まで御返送くださいませ。

フェッセンデン社

もし不良品だったとしても送り返しようがないじゃないの。玲子は、そう独りごちた。返送すべきフェッセンデン社の住所がどこにも記載されていないのだ。

「ちょっと貸してごらんよ」

夫の郁太郎が言った。郁太郎は、箱宇宙を手にとると箱の表面に、手に持っていた白のマジックで走り書きした。

——ぼくたちの結婚の記念に
郁太郎・玲子

「これで、この箱宇宙を見ても、今日のことが思いだせる」

夫は、自分の書いた字を玲子に示して見せ、満足そうな、それでいて独りよがりの笑顔を浮かべていた。

「さあ、玲子も箱の中味を見て気がすんだろう。もう、かたづけたらどうだい。明日は、早くから、世話になった人たちのところへ挨拶まわりをやらなきゃならないんだ。そろそろやすもうよ」

玲子はまだコートを脱いでいなかった。手に持った箱宇宙を凝視《みつ》めながら、大きく一回うなずいていた。

夫の郁太郎は、商事会社の営業部に勤務している。玲子が勤務していた会社に、取引のため、郁太郎は時おり顔を出していたのだ。

誘ったのは郁太郎だった。

やり手の営業マン特有の押しの強さを、彼は備えていたのだ。たくまざるユーモアで、執務中の玲子を何度か吹きださせた。

郁太郎は優しい眼と褐色の肌を持っていた。学生時代にサッカーをやっていたといって厚い胸を張ってみせた。

この人は悪い人ではない……そう玲子は思った。

だから郁太郎の誘いに応じたのだ。

玲子は、それまで、他の男の誘いに応じたことはなかった。用心深いというわけではなく、男に対する選別基準が特別厳しいと思ったこともなかった。

興味のもてる男性が誘わなかっただけのことだ。

玲子は自分から誘いかけるタイプの女ではなかった。

玲子は、待つ女だったのだ。

だから、悪い人ではない郁太郎の誘いをうけたとき、玲子はそれに応じたのだ。玲子が出会った初めての『白馬に乗った王子様』だったからでもある。

初めてのデイトで、二人は映画を観た。郁太郎は、玲子の希望をいれてメロドラマにつきあったのだ。玲子にとっても、それは退屈な映画だった。ボーイ・ミーツ・ガールで始まるタイプのもので男女は平凡で陳腐な試練を乗りこえて最後に結ばれるという筋なのだ。玲子は、何度か郁太郎の反応を盗み見た。郁太郎は居眠りもせず、かといって面白いといったようすでもなく、呆然と画面を見ていた。

映画が終って、郁太郎はスナックへ誘った。そこで二人は嚙み合わない会話を一時間続けた。最後の五分で、二人は奇跡的に共通の話題を発見していた。二人とも偶然に子供の頃ディズニィの「ダンボ」という映画を見ていたのだ。「ダンボ」の話題だけで二人は、あと一時間半話し続けた。

二人は、次のデイトの約束をして別れた。

五回目のデイトは二ヶ月後だった。郁太郎は五回目のデイトでプロポーズしたのだ。

直接的な表現だった。プロポーズの科白の中で一番ステロタイプなものに分類できる。

「ぼくと結婚してほしい」

そう郁太郎は言った。唐突であり朴訥だった。

玲子は郁太郎を愛しているのかどうか、自分でも確信を持っていなかった。しかし、男が、そのように自分を愛しているのであれば、ひょっとすれば、自分も郁太郎を愛しているのではないかとも思った。今、もし、自分が郁太郎を愛していないとしても、郁太郎にこれだけ愛されているとすれば、いずれ郁太郎を愛するようになるのではないか。そうも思ったりした。しかし、すべてが不確実だった。玲子は自分の気持自体が不安定なことに焦立たしかった。

二日後、玲子は、郁太郎がかけてきた電話で結婚を承諾したのだった。

少なくとも玲子は郁太郎に対して悪い感情は抱いていなかったのだ。

玲子は流される女でもあった。


「俺は、営業だから、帰宅時間は不安定だ。それだけは覚悟しておいてくれ。玲子を守るためなのだから」

夫はそう言った。結婚前からそう言っていたのだ。玲子を少しでも幸福にするために、少しでも生活にゆとりを持たせるために、人一倍働かなければならない。そんな意味だった。

結婚して三ヶ月は確実な帰宅時間を夫は玲子に電話で知らせていた。

その電話も二回に一度となり、三回に一度となった。

それでも玲子は食事の仕度をして夫の帰宅を待った。

夫は、子供を欲しがっていた。

深夜、帰宅した夫は、いつもそれを玲子に尋ねた。しかし、まだその兆しは起こらなかった。

「遅いときは、先に寝てていいぞ」

夫はそう言った。しかし、玲子はそんな気にはなれなかった。

帰宅を待つ間、玲子はテレビも見ることはなかった。本を読む気にもなれなかった。

ある夜、玲子はベランダへ出てみることにした。何となく、そんな気がしたのだった。

玲子たちの部屋は団地の三階にあった。ベランダから見降すと、バス停のある場所から玲子たちの団地へ続く道路を見わたせるのだ。

時間は午前零時を少しまわっていた。玲子は夜露のおりはじめた鉄柵に頬杖をつき、あてもなく郁太郎の帰りを待った。

「あの人、身体がばててしまわないかしら、だってこんなに毎日帰りが遅いんだから。疲れているはずよ」

眼下の通りは少なく、時おり思いだしたように乗用車が通過していった。一台のタクシーが玲子の棟の脇に止まった。降り立った男の影ぼうしで、それが誰か玲子にはすぐにわかった。

郁太郎は酒の臭いを漂わせていた。

「まだ、おきてたのか」

と、それだけ言って、照れ臭そうに夫はベッドにもぐりこんだ。寝息をたて始めるのに五分とかからなかった。

玲子は、夫の精神的疲労が限界にきているのではないかと案じつつ、食卓を片づけた。

それから一週間ほど、夫の帰宅の遅い日が続いた。玲子は何も、そのことについて夫に愚痴を言おうとはしなかった。それが、かえって郁太郎のうしろめたさとなったようだった。「今、大事な新規の取引先の資材課長とつきあってるんだ。すごく、麻雀の好きなやつでね」

出勤前に、夫はそう弁解した。

その夜も、玲子はベランダで夫の帰宅を待っていた。何故だかしらないが、その夜はむしょうに涙が溢れてきた。その涙のわけをいろいろと思いめぐらしたが、確実な理由を知るに至らなかったのだ。一つだけ間違いない理由が浮かびあがってきた。

自分は寂しいのだということを。

涙をこらえようと、玲子は空を見た。

「星がないわ」

久しぶりに玲子は夜空を見上げたことになる。もう、その夜空ではスモッグのために星が見えないのだ。玲子はそれを知らなかった。

玲子は星が見えないことに驚きを感じていた。

玲子は涙をふきながら部屋に入った。

箱宇宙のことを思いだしたのだ。押入れの隅に埃をかぶって、それはまだあった。

ためらわず、箱の中から、それをとりだしていた。

初めてみたときに気がつかなかった色々なことが玲子にはわかった。立方体の透明なパネルの中に……まさしく宇宙があった。その箱の中だけは、玲子のいる部屋の明るさとは無関係に漆黒の闇が拡がっていた。

顔を近づけてみた。

四〇センチほどの透明な箱だから、箱宇宙のむこうがわに部屋が見えてくるはずである。

だが、そこには、やはり無限の暗黒が静寂とともにあるばかり。

「レザーホログラフィの一種かしら」

箱の中央に、ぽつんととびぬけて大きな星が、浮かんでいた。七センチほども直径があるだろうか、白色に輝いている。その星の周囲を、また十数個の星々が取り巻いていて、微々たる速度で動いているのがわかった。

「きれいだわ」

玲子は、思わず溜息をついていた。箱を眺め続けていると、なんだか心が休まってくるのだ。

その夜、玲子は夫の帰宅まで、その箱宇宙を眺めてすごした。

翌日、玲子は珍しく街にでた。普通であれば、近所のスーパーマーケットで日用品を揃えれば事たりるのだが、本屋へ行ってみようと思ったのだ。本屋は街へ出なければ、近所にはなかったのだ。

品揃えが比較的豊富だといわれている中央街の本屋に足をむけた。

玲子は「あなたも知っておきたい不思議な宇宙」という本を買った。玲子が、初めて宇宙に興味を持ったのだ。一番わかりやすそうで初心者向と思える本を玲子は選んだつもりだった。箱宇宙で起っていることを、もっと詳しく理解したかった。

帰宅すると、玲子は喰いいるように、本を読んだ。すると、今まで知らずにいた星々のことが、視界が開けるように興味が一層広がっていくのを感じていた。

その夜、夫の帰宅を待ちながら、玲子は箱宇宙を見て過ごした。

〝箱宇宙〟を卓袱台《ちゃぶだい》の上に置き、玲子は飽きずに眺めていた。

「中央の大きな星、あれは太陽みたいな恒星なのね。白っぽいから白色矮星かしら。わかんないわ。少なくとも太陽より年をとった星なんだわ。そうすると周囲を回っている星は惑星というのかしら。地球みたいな」

箱の中の宇宙はほんの少しずつ変化を見せていた。米粒のような惑星群が恒星の周囲を目に見えるか見えないかという速度で移動しているのがわかるのだ。

「あの惑星には月みたいに、それぞれ衛星がついて回っているのかしら」

玲子は目をこらしてみた。そんな影が見えるようでもあり、見えないようでもあった。

「流れ星が見つからないかしら」

その時点では、まだ玲子は流れ星が地上から見える隕石の大気との摩擦燃焼であることを知らなかった。ただ、単純に、郁太郎と一緒に過ごせる時間を持ちたいと願いたかっただけのことだ。

夫が帰宅して、食事をとる間、夫が話しかけても、〝箱宇宙〟に見とれていると、つい返事を忘れてしまうほどだった。郁太郎は苦笑いをした。帰宅時間の遅い郁太郎としては、つい自責の念にかられてしまうらしいのだ。

玲子は箱宇宙の魅力にとり憑かれてしまっていた。

玲子は、ある夜、ふと思いついた。

卓袱台の上に箱宇宙を置き、頬杖をついて眺めているときだった。玲子は早速、実行にうつしてみた。

明かりを消してみたのだ。

部屋のカーテンを閉めきると、室内は箱宇宙の神秘的な光だけになった。

闇の中で、玲子は箱宇宙の前にすわった。

音はなにも響かず、恒星の光だけが静かに浮かんでいるようだった。

箱宇宙を凝視していると、玲子は自分がそのミニチュアの宇宙の一部になってしまったかのような錯覚にとらわれた。

だが、玲子は思った。これは箱宇宙というより私自身のための宇宙なんだわ。

その時だった。

白い尾を引いたガス状のものが玲子の目の前を通り過ぎていった。

「ほうき星だわ」

〝箱宇宙〟の中を、ゆっくりと長く尾を引いた彗星がよぎって恒星に吸いこまれ消滅していったのだ。

初めて玲子が箱宇宙の中で目撃した劇的な光景だった。

玲子は実感としてとらえることができた。

「この宇宙、生きているんだわ」

星々を眺めながら、何故、こんなに宇宙が好きになったのだろうと玲子は考えていた。もう彼女に寂しさはなかった。

ふと、玲子はこの星々に命名してやることを思いついていた。

一番輝いている中央部の恒星に、夫の字を一つとって、〝郁之介〟とつけてやった。それから、郁之介のまわりの惑星に〝太郎〟〝二郎〟〝三郎〟……と順につけてやった。〝太郎〟だけが、惑星の中でも極端に大きく、〝郁之介〟の三分の一ほどの大きさもあるのだった。総ての惑星の昼の部分は明るく輝き、夜の部分が影になっていて、そうとわかるのだった。

夫が帰宅したことに、玲子は気がつかなかった。

「おい、何をやってるんだ。あかりもつけずに」

玲子は思わず目を細めた。夫が、部屋の照明をつけたのだった。玲子は現実にひきもどされた自分を感じていた。

「またユニバース・ボックスか。いいかげんにしたらどうだ」

夫の声は怒気を含んでいるようだった。玲子はそれに、なにも答えようとはしなかった。

「腹が減ったんだ。何か食べるものはないのかい」

夫は冷蔵庫に首を突っこんでいた。その日、玲子は、晩飯を作らなかったのだ。

「ありません」

時計が午前一時をその時、打った。乾いた音が余韻としていつまでも残っていた。

「そうか。じゃあ、もう寝るから」

あきれ顔で郁太郎が言った。

「さあ、もう寝るぞ、寝るぞ。明日はまた早いから」

夫の寝息を聞きながら、それから三十分ほど玲子は箱宇宙を眺めていた。

玲子の読破した天文学の本は十冊を超していた。玲子はそれ等の本から、いろんな知識を吸収した。

宇宙の誕生。星の進化。いろんな星雲。いろんな星々。中性子星。ブラックホール。準星。客星。二重星。いままで知らなかった宇宙に関する言葉が玲子の裡に植えつけられていった。

「この箱の中でも宇宙は同じようにビッグ・バンで生まれたのかしら」

本を読みながら、玲子はそう呟いた。

電話が鳴った。

ベルは五回、六回と執拗に鳴り続けた。

玲子は、のろのろと受話器をとった。

聞きおぼえのない女の声だった。

「郁太郎さん、いる」

女は夫の名を告げた。ハスキーな声だった。玲子は夫がまだ帰宅していないことを伝えた。

「あなたが、奥さんなの。玲子さんでしょ」

見知らぬ声の女が、そう言った。したたかな口調だった。

「はい」

玲子は答えた。

「ふうん……」

突然に、荒々しく電話が切れた。

玲子は受話器を置くと、再び、天文学関係の本に目を走らせはじめた。

夫は、その夜も遅く、帰宅した。

その夜、夫は闇の中で箱宇宙を眺めつづけている玲子に、なにも言わなかった。

玲子は無意識のうちに考えていた。こんなに夫の近くにいるのに、心は箱の中、無限の闇の果てより、ずっと遠いところにいるのかもしれない。

背広姿のままの夫は三本続けて煙草を吸った。何か話したかったのかもしれない。

　しかし、夫は何も言わず、結局、床についた。

　二人は一言も、その夜会話をかわさなかった。

　玲子は怒ってはいなかった。電話の女のこともどうでもよかった。結局、自分は誰にも頼ってはいないことを確認したにすぎなかった。

　玲子が夫に話しかける話題も興味もおきなかっただけのことだ。

　その夜、箱宇宙の中は静寂だけが支配していた。


　日曜日の朝だった。

　夫が素っ頓狂な声をあげた。

「おまえ、いつも何食ってるんだ」

　夫は冷蔵庫を開けていた。

「なにも入ってないじゃないか」

　そう言えば、しばらく料理をしてないわと玲子は思った。コンビニエンス・ストアから菓子パンを買ってきて、それを少しづつ食べていたのだ。

「洗濯物はこんなにたまってしまっているし、天井の隅には蜘蛛の巣が張ってるじゃないか。いったいどうしてるんだ」

　玲子はなにも答えず、夫に顔をむけることもしなかった。

玲子は、ただ箱宇宙を眺めているだけだった。

何か、夫の声が、遠くで叫んでいる犬の吠声か何かのように虚ろに聞こえていた。

夫は、いつのまにか外出着に着換えており、玲子の後ろに立った。

「ちょっと出てくる」

そう言って夫は部屋を出ていった。

宇宙の中で、十数個の惑星が一列に並ぼうとしていた。

〝郁之介〟を中心として右へ、〝太郎〟〝二郎〟〝三郎〟〝四郎〟と直列になったのだ。

「まあ、これが惑星の〝直列〟ね」

思わず玲子は溜息をもらしていた。小さな宇宙の中で、色とりどりの宝石のような惑星たちがくり広げる玲子だけのためのショーなのだ。

「不思議な光景だわ」

玲子は立上って周囲のシャッターを閉め、完全な闇を創りだした。すると、自分も、その宇宙の中で浮遊しているような感覚にとらわれた。

行儀よく整列した惑星群を凝視していると、おかしなことを考えている自分に気がついた。

「〝郁之介〟のまわりを回っている惑星にも、地球と同じように生物の住んでいる星があるのかしら」

素朴な疑問だった。

「あるかもしれないわね。その星にも、地球と同じように人間が住んでいるのかしら」

きっと住んでいるはずだ……玲子はそう結論づけていた。

「その人間たちの中にも、私みたいに箱宇宙を眺めている人がいるのかしら。その箱宇宙の中にも地球みたいな星があって、私みたいに箱宇宙を眺めている人がいて、その箱宇宙の中にも地球みたいな星があって、私みたいに箱宇宙を眺めている人がいて、その箱宇宙の中にも地球みたいな星があって、私みたいに箱宇宙を眺めている人がいて……」

そう、玲子はいつまでも呟き続けた。


夫は遅く帰宅した。〝箱宇宙〟を眺めている玲子をみて焦立ちを増したようだった。

夫は玲子の目の前に、マッチ箱を投げてよこした。それは、いかがわしいホテルのマッチだった。

「ぼくは、今までそこにいたんだ」

玲子は黙って箱宇宙を眺め続けた。

「なんともないのか。何も思わないのか」

玲子にはなんの感情も表出してこなかった。何だか、すべてが遠い世界で起っている出来事のようなのだ。

「おまえはいつもそうだ。ぼくよりも、その〝宇宙〟のほうが大事なんだな。なぜ、俺をせめない。俺が浮気をしてもなんともないのか。そんなもの、さっさと捨てておけばよかった」

夫は、玲子がなんの反応も示さないことで、一層、自尊心が踏みにじられたようだった。

「俺が話してるときは、俺の方をむけよ」

「……………」

「なんだ。こんなもの」

夫は発作的に〝箱宇宙〟をはらいとばした。〝箱宇宙〟は卓袱台から転げ落ち、壁ぎわまでいって止まった。郁太郎が初めてみせた暴力だった。

のろのろと玲子は〝箱宇宙〟を抱くように拾いあげたが、落ちた拍子に、〝箱宇宙〟の下部についていたダイヤルが回ってしまったことには気がつかなかった。

〝箱宇宙〟の中の時間経過が急速にアップされたのだ。

玲子は、まるで赤んぼうを扱うように箱宇宙を抱くと、中を覗きこんだ。

〝郁之介〟が……あの白色の恒星が輝きを止めていた。いや、恒星は視界から消えていたのだ。

「箱宇宙がこわれちゃった」

玲子はそう言った。なんの感情もこもっていない抑揚のない声だった。

──もう、なにもかも終ってしまったのね。

同時に玲子は、そう直感していた。

夫もそれ以上、なにも言葉を口にしなかった。二人むきあったまま、黙っていた。

郁太郎は何本も煙草を吸い続けた。

玲子は〝箱宇宙〟の暗黒を凝視し続けていた。〝郁之介〟の周囲をまわっていた惑星もいまは闇の中だった。

そのとき、変化がおこった。

あの恒星の周囲をまわっていた惑星の一つが闇の中へ吸いこまれていくような気がしたのだ。それはあの恒星が浮かんでいたあたりのようだった。

次々と周辺の星々が吸いよせられていくのが見えた。

「箱宇宙が、まだ生きてるわ。〝郁之介〟はブラックホールになっちゃったのね。〝箱宇宙〟の恒星がきっとシュヴァルツシルト半径にまで収縮してしまったのね」

玲子は、天文学の本で読んだ知識をそのとき思いだしていた。

〝箱宇宙〟のブラックホールは周辺の惑星を吸収し、その質量を増やしながら成長しているように見えた。本来の宇宙であれば、途方もない、想像を絶した時間が必要であったはずだ。しかし、時間経過の促進された〝箱宇宙〟の中では、ものすごい速度でいくつもの彗星が、放浪星が、巨大な恒星までが、かつて〝郁之介〟であったブラックホールに飛びこんでいった。

卓上にあったホテルのマッチがヒュッと透明なパネルを通過して吸いこまれていった。

「なんだ。何をしたんだ」

夫が驚き、素っ頓狂な声をあげた。

夫のくわえていた煙草が、〝箱宇宙〟に吸いこまれた。

卓袱台がカタカタと音を立てて小刻みの震動を始めた。新聞紙が、茶わんが、時計が次々と〝箱宇宙〟に吸いこまれていった。

白く輝く恒星〝郁之介〟が、時間経過を促進されたがためにブラックホール化したのだった。そして、その超重力によって箱宇宙の中で星々を呑みこみながら質量を巨大化させ、それでもあきたらずに、その影響範囲を玲子たちの部屋にまで伸ばしたのだ。

夫は柱にしがみつき、泣き叫んでいた。郁太郎には自分にいまふりかかっているできごとを何も理解できないはずだった。テレビもステレオも冷蔵庫も、まるで魔法のカバンにでも入るように次々と〝箱宇宙〟に吸収されてしまうのだ。

玲子には恐怖感は存在しなかった。これは〝箱宇宙〟の夫に対する復讐なのだ。

玲子はあくまでそう思った。

夫が小さな悲鳴を残してあっけなく吸いこまれるのを見届けると、玲子は身を投げるように〝箱宇宙〟に飛びこんでいった。

〝箱宇宙〟に吸いこまれながら、玲子は、これが昔から予定されていたことだという気がしてならなかった。

太陽系。
地球がかつて存在した場所に、ちっぽけな箱が浮かんでいる。
その箱は一辺が四〇センチほどの立方体で、その表面に白い文字で

——ぼくたちの結婚の記念に
郁太郎・玲子

と書かれているのを読むことができる。
その箱の中にも、もちろん宇宙が存在するのだ。

〝ヒト〟はかつて尼那を……

グタム車は、ホメネス処理平地の上を滑り続けていた。四方に地平線を見わたすことができる。

滑空を続けるグタムの内部では、ワルッィエン人の親子が、会話をかわしていた。グタムの羽音に掻き消えそうになる声にめげずにワルッィエン人の子供が大声をあげなおす。

「お父さん。今日はグタムに餌をやりすぎたんじゃない。羽音が、やたらとうるさいような気がするよ」

グタムは甲虫の一種である。体長は十メートル近くあり、頭部に乗用の小部屋が設けられている。そこには操縦用のグタム行動誘導装置が埋めこまれているのだ。そして、小部屋全体が透明なフードに覆われている。

「いつもと、餌の量は変らないはずだが……」

父親が、まるで独り言でもいうように言った。

「そうかなあ」

子供が呟く。

父親は、子供を見やり瞳孔のない眼を細めた。それから誘導装置のノブを押す。加速がつき、子供は、ワァと叫んで座席に押しつけられた姿勢になった。

「パンチェスタ。大丈夫か。そう、遠くはないのだから」

パンチェスタというのが、ワルッィエン人の子供の名前のようだ。

「うん」

そう、うなずいたパンチェスタの顔は白い。成長すれば、父親のように蒼緑の肌になるのかもしれない。しかし、現在のパンチェスタの肌は透けるように白い。

疾走が、しばらく続いた。

「父さんは、シエ・スタの街にいるあいだ、あまり、パンチェスタにかまってやることはできないかもしれない。我慢できるか」

父の言葉に、子供は小さくうなずく。

「我慢できるよな。パンチェスタも、もうすぐ大人だ。それに、父さんの出張には、自分で連れていってくれとせがんだのだしな」

それから、細長い舌で、父親は自分の鼻の頭をペロリと舐めた。あたかも、それが癖のようだった。

「夜は仕事がないから宿泊所へ父さんは帰ってくる。昼は、ずっと会議だ。近くに保護区があるから、見学に行ってくればいい。保護区は、もうシエ・スタにしか残っていないから、いい話のタネになると思うぞ」

パンチェスタは、父親にうなずき、窓の外を見た。鈍い光沢を放つ平地が続く。シエ・スタまで、このホメネス処理が施された大地が続くのだ。土の上に三ミリ程の厚さにコーティングされているおかげで、地表は常に暖気を保っている。気候条件は、まったくワルッィエン星と同じだとパンチェスタは父親に聞かされていた。

パンチェスタは、まだ、本来の自分の母星を知らない。生まれたとき、物心がついたとき、成長のとき、この地にいた。このドニ・ワルッィエン星に。ドニというのは、ワルッィエンの言語で〝第四の……〟という意味だった。

「母さんは、少し心配していたなあ」

父が、パンチェスタに声をかけた。

「ぼくの旅行が初めてだからじゃないのかな」

父はうなずき、パンチェスタの頭を撫ぜた。グタムの羽音が、気のせいか沈静化したようだった。

「ほら、シエ・スタの街だ」

地平線に影が見えた。街だった。ただ、パンチェスタは、そのような街を見たことがなかった。奇妙な形の突起物が、無数に地面からはえている。突起物の中に街の影があるのだ。特徴的なのは、突起物は上部が緑色の小さなかけら《ピース》で無数に覆われているのだ。保護区と街が共生している奇妙な風景。なにやら、見ただけで肌全体が湿気に覆われるような悪寒にパンチェスタは襲われた。

「どうした。顔をしかめたりして……」

父が言った。「連れてこないほうが良かったかな。ここは、唯一、この星の自然が残ったところだからね。眩暈をおこすワルッィエン人もときおりはいるそうだし」

「いや、大丈夫さ」

パンチェスタは、そう答えた。そう答えながら、まさしくシエ・スタの街が異世界であることを実感として捉えていた。

宿泊所へつくと、父親には、メッセージが待っていた。父は、部屋に荷物を置くと、パンチェスタに告げた。

「お父さんは、すぐに、ある会合に出なくてはいけない。パンチェスタは、この近くで遊んでいてかまわないよ」

パンチェスタは、すでに窓際から景色を眺めていた。振りかえり笑顔でうなずいた。

「お父さんは、何の仕事なの。やはり、このシエ・スタの街の仕事なの」

「ああ、近々、このシエ・スタの街は一つの結論を出さなくてはならない。その方向についてお父さんは、アドバイスしなくてはいけないんだ。もうすぐ、保護区の〝ヒト〟が絶滅してしまうからね。そうすれば、保護区を残しておくことがよいのか、完全にワルッィエン化してしまうべきなのか、岐路に立っているんだ。シエ・スタの収入は、ほとんど〝ヒト〟と保護区による観光資源収入によっているんだよ。今のところね……」

「ふうん」

パンチェスタは、窓の外の地面から突きでている不思議なものに目を奪われていた。それは、グタム車の中から遠景として眺めていたものと同じようだった。褐色の棒に緑色の小さなかけらのようなものが無数についている。これが、〝ヒト〟たちに必要なのだろうか。〝ヒト〟と共生関係にあるのだろうか。お父さんは、会議のお仕事のとき、こんな奇妙な物についても話をするのだろうか。

「じゃあ、いってくる。お腹が減ったら、お父さんの名前を言って一階の食堂で食べなさい」

父はドアから出ようとしていた。パンチェスタは窓のところで父親に笑顔を見せて見送った。

再び、パンチェスタは窓から奇妙な光景を眺めはじめた。下の通りを、たくさんのワルッィエン人が歩いていく。ほとんどが、観光の客らしい。親子づれや、団体のワルッィエン人が、緑色のかけらをつけたこの星の突起物を、もの珍らしそうに眺めながら通っていく。通りの先に、グタムの群れの繋留場が見えた。その奥へは、グタムに乗っては入れないことになっているらしい。緑が、壁のように見える。この星特有の突起物らしいものが無数にある。緑で覆われ、地表から伸びた、この惑星でなければ見ることのできない壁。

その壁の中へ皆が吸いこまれていく。あの中には、何がいるのだろうか。パンチェスタは考えた。父は〝ヒト〟が保護区には居ると言っていたっけ。その〝ヒト〟が、あの緑の壁の中には住んでいるのだろうか。

パンチェスタはあらためて部屋の中を見回した。出発の際に父が、母に話していたことを思いだしたのだ。

「宿舎は、〝ヒト〟がかつて使っていた施設を改造したものらしい。話のタネにはなるだろう。パンチェスタも驚くかもしれないな」

そうなのだ。この宿泊所は、以前は〝ヒト〟の住まいに供されていたものなのだ。

――〝ヒト〟って、でっかいのかな。

パンチェスタは、そう思った。ドアはパンチェスタの家のものより、一・五倍程の高さがある。鏡にしても、父親の全身よりも、うんと高い。そういえば、この部屋へくるまでに通った階段も、パンチェスタは大股でリズムをつけながらのぼったほどだった。

〝ヒト〟がかつて座っていたというソファの上へパンチェスタは横になった。天井も、かなりの高さがある。

「外へ出てみようかな」

パンチェスタは、そう呟いた。まだ、父が帰ってくる迄にはたっぷり時間が残されている。部屋で待っているだけでは退屈してしまう。今のうちに見物できるものは、すべて見物しておかないと父親についてきた意味がないし……。

パンチェスタは、ソファからぴょんと弾ねて床の上に着地した。そう決意すると、一時も、じっとしてはいられない。

部屋の隅にある案内表示機に触れた。

——シエ・スタのすべてを案内。

コース　保護区内観光（入場料四〇〇ルパ・小人一五〇ルパ）

コース　〝ヒト〟博物館（入場料二〇〇ルパ）

コース　シエ・スタ郷土料理（一名二五〇〇ルパ）／〝ヒト〟博物館横〝ア・スタ〟／要・予約・グタム山賊焼……

コース名が、無味乾燥な文字群として表示機の画面の中を流れていく。パンチェスタは表示機から手を離した。と、同時に画面の表示は消え去った。

「行ってみよう」

そのほうが早い。そうパンチェスタは思ったのだ。階段を駆け降り、好奇心のかたまりとなったパンチェスタは宿泊所の前の通りにいた。

観光客の流れと一緒になりワルッィエン人の少年は、ゆっくりと歩きはじめた。

窓から見えた、奇妙な地面から生えたものが、すぐ間近にあった。一本の大きな円筒形が地面から生えだし、天にむかい、かなり上部のところから、何本もの棒に分岐している。その棒が、またいくつにも分れて、緑色のかけらを無数につけているのがわかった。円筒にワルッィエン語で〝ショクブツ〟(生きもの)と書かれた板が、とりつけられていた。

パンチェスタは驚いた。これは、生きているのだ。動かないし、飛ばないし、じっとしているけれど、この星特有の生命の一つなのだ。〝ショクブツ〟というのか。〝ヒト〟もこれに似ているのだろうか。

パンチェスタは、そっと〝ショクブツ〟に触れてみた。何だか、ぞりぞりした、冷たさを伴った感触だった。パンチェスタは、あわてて、手を引いた。

板をよく見ると、下部に、小さな字で書かれていた。

――昼は二酸化炭素を酸素に変える。夜は酸素を二酸化炭素に変える。水は地面からとる。

何て、奇妙な生きものだろう。パンチェスタは不思議に思った。何のために生きているのだろう。何が楽しみなのだろう。

〝ジョクブッ〞を離れ、パンチェスタは、壁にむかって歩いた。そこが、保護区のはずだ。

左手に、グタムの繋留場があった。数十匹のグタムが静かに、鎮座して蜜を舐めている。その中の数匹のグタムはとりわけ巨大だった。グタム車としては十人も乗れるだろうか。全長二十メートルほどにも成長したものだ。

繋留場の中央にタンクがあり、そのタンクから、何十本ものパイプがグタムの口もと迄伸びている。そのパイプの中をルファファ合成蜜が流れているのだろう。その蜜を吸っている間は、グタムは温和な性格になるのだ。

そのグタム繋留場のむこうに小型の宇宙船が停泊しているのが見える。パンチェスタの父も、あの宇宙船に乗って、このドニ・ワルッィエンへやってきたのだと聞かされたことがあった。

壁は、やはり群生した〝ジョクブッ〞だった。壁に入るとき、小径に変り、観光客たちは少し渋滞した。パンチェスタはその観光客の間をすり抜けて、保護区の門をくぐった。

〝ジョクブッ〞の壁で遠くからはわからなかったが、保護区の門を中心に半透明の膜のようなもので、外界と隔離されているのだった。

売店で、翻訳器の貸出しをやっていた。売子が、耳と口にとりつけるらしい翻訳器を、さしあげて叫んでいた。

「〝ヒト〞を見るんなら、この翻訳器をつけなきゃあ。でないと、ドニ・ワルッィエンの

由来はわかりませんよ。貸出料は五ルパです。保護区を出るとき返却してくだされば
い」

観光客たちは、先を争って翻訳器を借りていた。パンチェスタは、少し考え、それから借りることに決めた。

〝ジョクブツ〟は、さまざまな種類があった。細長い緑のかけらをつけているもの。緑ではなく黄色のかけらのもの。緑のかけらにまじってピンク色の円型のものが揺れていたりするものもあった。

「美しいものだなあ」

パンチェスタは思わず、そう口にした。地面にもびっしりと、緑色のものが生えているのだ。

さまざまな珍らしい〝ジョクブツ〟に目を奪われながらパンチェスタは歩き続けた。

何かの建物にむかって観光客たちは歩いているようだった。〝ジョクブツ〟の大きな円筒形の部分を寄せ集めて作ったらしい建造物だ。全体的に曲線がない建物で、かつて〝ヒト〟が使っていたという宿泊所と、ある種の類似性を備えていた。そこにワルッィエン人が群らがっていた。

何かを中心にして輪ができているのだ。〝ヒト〟だとパンチェスタは直感的にわかっていた。パンチェスタは走った。

観光客の間を縫うようにして、前へ潜りこんで行った。奇妙な声が、聞こえた。それが〝ヒト〟の声であることに間違いなかった。あわてて、パンチェスタは翻訳器を耳に取りつけた。

「――というわけでな、この星、地球は汚れに汚れきっていたわけなんだ。ワルッィエンの方たちが、地球を粛清してくれんかったら、地球人は、自分たちの手で誰も住めん星にこの星を変えてしまっていたんだろうと、わしは思うんだ」

最前列の観光客の間から、パンチェスタは顔を出した。そこでパンチェスタは見た。初めて〝ヒト〟を見た。

〝ヒト〟は大きかった。父親より二まわりも大きな身体でワルッィエン人を見下していた。何という容貌だろう、顔の下半分が無数の白い糸状のもので覆われている。しかも、両眼の上にも同じような糸状の白いものが生えているのだ。肌の色も異っていた。ワルッィエン人と違って赤味があるのだった。顔の露出した部分には、無数の皺がある。

パンチェスタがとりわけ気を奪われたのは、〝ヒト〟の眼だった。眼の中に黒い部分があり、その黒い部分の動きで、〝ヒト〟が何を見ているのか、何を見ようとしているのかがわかるのだった。

〝ヒト〟はワルッィエン人を見てはいなかった。空の彼方の、どこか遠い場所を凝視しながら話をしている。

「昔、わしたちは、沢山いた。沢山で、沢山で地球にあふれ返っていたよ。ワルッィエンの人たちが地球にやってくるまではな。ワルッィエンの人たちは、あっという間に地球をきれいにしてくれた。地球の〝ヒト〟どもはワルッィエンの人たちを誤解して攻撃しようとしたのだが、よく考えると、意味のない攻撃だったと思うな。もっと、地球人がワルッィエンの人たちを理解しようと努力すれば、仲良く共生できたと思うのだがねぇ。とうとう、地球人は、わし一人になってしもうた……。もっと、他の地球人も早くワルッィエンの人と理解しあっておけば、わしみたいに、皆さんと仲良くできたのになあ……」

そう〝ヒト〟は語りながら、一度も視線をパンチェスタへ……いや観光客たちへ向けようとしなかった。〝ヒト〟は語り続けた。

「ワルッィエンの人たちが来なかったら、わしは今、こんなに静かで、穏やかな生活は送っていなかったかもしれない。本当に皆さんに感謝しているんだよ。地球の真の平和と秩序というものは、ワルッィエンの人たちがもたらしてくれたとわしは思っている」

観光客の一人が叫んだ。

「おまえの仲間が我々に殺されても、感謝しているのかね？」

年をとったワルッィエン人の何人かが、大声で笑っていた。

笑いがしばらく続き、それからふと、やんだ。〝ヒト〟は、今度は、ゆっくりと観光客を見回した。パンチェスタは〝ヒト〟の視線が自分を見ていることに気付き、何故か身体がぞくぞくしてくることを自覚していた。

〝ヒト〟は言った。

「そうだ。そのとおりだ。私は何も恨まない。それが地球人の運命だったのだ。感謝しよう。私の平穏な余生を与えてくれたワルッィエンの人たちへ」

再び、笑いが湧いた。

「あの〝ヒト〟は、相当の高齢だ。〝ヒト〟の寿命は七、八十年だと聞いたことがある。それをかなり越しているぞ」

そんな会話をパンチェスタは聞いた。冷笑的な表情を浮かべた観光客の一人だった。

「〝ヒト〟ってやつは、一匹のときは、おべんちゃらを使うんだ。根は狂暴なんだよ。見境いなく襲ってくる。あの言葉が〝ヒト〟の本音だなんて信じちゃあ、いけない」

「きっと、飼育係か何かに、訓練されたのだろうね。いつ野生化するかわからない」

そう話しながら、録画器を〝ヒト〟に向けて回していた。

〝ヒト〟は、〝ショクブツ〟の一部分でこさえたらしい棒を使い、ゆっくりと二、三歩も進んだ。それから〝ショクブツ〟の根もとの石の上に腰をおろした。低い口調で、観光客にむかって言った。

「皆さんは、わしに他に聞きたいことはないのかね?」

観光客はざわついた。誰も質問しようとするものはいない。

「何も聞きたいことは、ないのかね」

観光客は、〝ヒト〟を取巻いたまま、水を打ったように静かになった。皆、何を質問すれば適当なのか、思いつかずにいるのだ。

「あのう……」

パンチェスタは思わず口を開いた。皆の注意が、いっせいにパンチェスタに注がれた。

「ほう。ぼうや。何だね」

〝ヒト〟は落着いた声で答えた。

「あの……。あの……。ほんとうに〝ヒト〟さんは、この星の最後の〝ヒト〟なんですか」

「そう、昔、わしたちは、この星を地球と呼んでいた。今、この星を地球と呼ぶのは、わし一人しかいないんだよ。わしを残して〝ヒト〟は皆、死んでしまった」

そう〝ヒト〟は答えた。その〝ヒト〟の声に、何か暖かいもの、そして寂しいものがあることをパンチェスタは子供心に感じていた。奇妙な見慣れない黒い瞳も、パンチェスタは不思議に澄んでいると感じていた。

「〝ヒト〟がひとりぼっちになって、寂しくないの？」

パンチェスタは、次にそう質問した。心から、そう思ったのだった。一人の仲間もいない〝ヒト〟……なんて寂しいんだろうと思う。

一瞬、〝ヒト〟が押し黙ったように、パンチェスタを凝視していた。それから、ゆっくりと口を開いた。

〝ヒト〟は、じっとパンチェスタを凝視していた。それから、ゆっくりと口を開いた。


「寂しいかって? 寂しくなぞは、ないさ。わしには、皆さんがいる。ワルッィエンの人たちが毎日、わしに会いにきて話の相手をしてくれる。皆さん全員がわしの友だちだからな。

寂しくなんてあるものかね」

パンチェスタは思った。ほんとうだろうか。もしも、自分がひとりぼっちになり、〝ヒト〟の大群に囲まれて暮すことになったら、平気でいられるのだろうか。

パンチェスタの背後で、誰かが質問した。

「食事は、何を摂るんだ。俺たちと同じものかい」

野卑な声音だった。

「昔は、魚や肉やら、野菜やら……だったな。今は、人工蛋白《たんぱく》、人工脂肪……。それに、この保護区内でとれる野菜などを食べているがね」

〝ヒト〟は、そう答えた。

「見ろよ」質問を発したらしい声が勝ち誇ったような声をあげた。「〝ヒト〟はやはり、〝ヒト〟だぜ。〝ショクブッ〟なんていう気色の悪いものを、まだこいつは食っているんだぜ。それをさておいて、シラジラしく、俺たちがお友だちだなんてほざいている。気色悪いったらないよなあ」

観光客たちの間で、いっせいに笑い声が湧いた。〝ヒト〟は石に腰を下したまま、表情一つ変えるではなく、じっと黙っていた。視線は、じっとパンチェスタをとらえていた。

パンチェスタは、笑い声の中で、いたたまれない気分に何故か襲われていた。前列から少しずつ後退りし、人混みの中へ入っていった。笑い声はまだ続いていた。

壁があった。あの〝ショクブツ〟の円柱部分を組み合わせて作った〝ヒト〟の家の壁だった。壁には窓があった。窓は開いていて、部屋の中を辛うじて見ることができた。

まず目についたのは、室内の一隅に掛けられた絵だった。

絵ではなかった。録画器で録画された一場面を抜きだしたようなものだった。〝ショクブツ〟の材質を使って、四角に縁どられていた。大昔の地球＝ドニ・ワルッィエンの光景かもしれなかった。びっしりと地面に密生した〝ショクブツ〟の上に、三人の〝ヒト〟が腰をおろしている構図だった。パンチェスタが見た〝ヒト〟とちがい、顔に皺がない。一番違うのは、頭だった。ドニ・ワルッィエン最後の〝ヒト〟には、顎と両眼の上に真白い無数の糸状のものがあった。しかし、頭には糸状のものは生えていなかった。だが、この若い三人には、頭に黒い糸状のものが生えていた。パンチェスタにとって、それはかなり不気味だった。とくに真中の〝ヒト〟は、黒いものが頭から肩迄、さらりと伸びているのだ。真中の〝ヒト〟だけは、また別の種族の〝ヒト〟のようにも見えた。他の二人と違って胸のあたりもふくらんでいるのだった。

残った二人の顔をパンチェスタは見較べた。皆が肩を組みあっている。楽しそうな表情だとパンチェスタにはわかった。

左の〝ヒト〟の眼に、パンチェスタは覚えがあった。暖かく、不思議に澄んだ黒い眼だった。

──あの〝ヒト〟だ。昔の、若い頃の、あの〝ヒト〟なんだ。

パンチェスタは、そう思いあたった。

「俺たちを侮辱するんじゃないぜ。原住民」

大声が、パンチェスタの耳に届いた。パンチェスタは、あわてて、ふり返った。

「何がワルッィエン人の友人だよ。気色の悪いことを言うなよ」

笑い声が湧いた。あわてながら、パンチェスタは再び人混みの中へ入って行った。

〝ヒト〟は、表情を変えず、石の上に座っていた。笑いを浮かべるでもなく、哀しげな顔をするでもなく。

罵声を浴びせているのは、観光客のうち、数人だけだった。

〝ヒト〟の横に、保護区の管理人らしいワルッィエン人が立ち、観光客をなだめていた。

「さあ、見学にあきられたら、移動をお願いします。次のお客様たちが待っていますから」

誰かが投げたのだろう。「原住民め！」と声がして、翻訳器が〝ヒト〟の足もとをかすめ、乾いた音を立てて転がっていった。次に使い捨ての録画器用エネルギー・カセットのケースが、〝ヒト〟の頭にあたった。

〝ヒト〟は表情を変えなかった。怒るでもなく、悲しみを見せるでもなく。

保護区の管理人だけが、あわてていた。

「さあ、みんな行ってください。さあ、しばらく〝ヒト〟を休ませます」

観光客たちは、皆、口々に自分なりの〝ヒト〟に対しての批評を述べあいながら、その場を立ち去っていった。「さあ〝ヒト〟。お前も、住まいに戻るんだ」

管理人は、〝ヒト〟を何か穢らわしいものでも見るようにして、そう怒鳴った。

〝ヒト〟は、ゆっくりと立ちあがった。パンチェスタは、まだ、その場に立ち尽したままだった。

〝ヒト〟とパンチェスタの眼が再びあった。〝ヒト〟の眼に感情はこもっていなかった。憎しみも、哀しみも存在しなかった。威厳だけがあった。

「あの……」パンチェスタは何かを言いたかった。しかし、その後は、言葉として出てこなかった。

〝ヒト〟は、ゆっくりと踵を返し、家の中へと入っていった。中へ入るのを見届けるまで、パンチェスタは、その場に立ち尽していた。

宿泊所へ帰ったとき、落ちかけていた太陽は完全に沈んでしまっていた。部屋には父親が帰っており、〝ヒト〟の鏡の前で礼服を着こんでいるところだった。

「やあ、パンチェスタ。どうだったんだ。珍らしいものばかりだったろう」

そう言って嬉しそうに、父親は細長い舌で自分の鼻頭を舐めた。

「うん」

パンチェスタは、せいいっぱい明るく聞こえるようにと、返事をしたつもりだった。しかし、脳裏には、自分でもわけのわからないもやもやしたものが渦巻いていた。

「どうしたパンチェスタ。少し元気がないみたいだな」

父親は鏡を、まだ覗きこみ、舌を嬉しそうに振り回している。

「うん、昼間の旅の疲れじゃないかな」

「そうか」

パンチェスタの答に父は、そう気にも止めない様子だった。

「お父さんは、また出て行かなければならない。今から、歓迎の祝宴があるんだよ。パンチェスタも、一緒に来るか？」

いや、ぼくはいいよとパンチェスタは答えた。とても祝宴に出るような気分にはなれないでいたのだ。それ以上、父は詮索しなかった。

「そうか。食事はどうする」

「まだ、いいよ。食べたくなったら、下で食べるから」

そうかと、父はうなずき言った。

「お父さんだけじゃない。数百人の祝宴になるらしい。できるだけ早く帰ってくるからね。疲れたのなら、先に寝ていなさい」

パンチェスタは頷いた。父は、パンチェスタに笑いかけ、もう一度、舌で鼻先を舐めてみせた。

父がでていくと、パンチェスタは部屋にひとりぼっちになった。寝台の上で横になり、眼を閉じてじっと何も考えないように努力した。しかし瞼の裏に出てきたのは昼間の〝ヒト〟の、感情を測ることのできない例の黒い瞳だった。あわてて、パンチェスタは他のことを考えようと、〝ヒト〟のイメージを消し去り、寝返りをうった。

脳裏に〝ヒト〟の住まいの窓から覗き見た静止画像の三人の〝ヒト〟のイメージが浮きでてきた。それから、投げつけられた翻訳器。そんなものが、ごったになってパンチェスタの思考の中で駈けまわった。

思わず父の名を呼んだが、既に父は、祝宴に出かけており、パンチェスタは溜息をついたにとどまった。

階下の食堂にパンチェスタは出かけていき、食事をとったときも、パンチェスタの心の中には〝ヒト〟の視線が焼きついていた。

パンチェスタは、部屋に帰って扉を閉めた瞬間に決意していた。

——もう一度〝ヒト〟に会おう。

いったん、決意すると、いても立ってもいられなかった。闇が窓の外に広がっていた。パンチェスタは真の闇を体験したことがなかった。パンチェスタのいる都市では、常にどこへ行っても光があった。〝ヒト〟の言う、〝地球〟の闇なのだ。

恐怖は感じなかった。それよりも、もっと大きなものに支配されていた。それは使命感に近かった。

パンチェスタは宿泊所を出た。昼間の記憶にしたがって夜の中を駈け続けた。闇は、パンチェスタを〝ショクブツ〟で何度かつまずかせた。グタムたちは眠っているらしく繋留場ではグタムたちの羽根のキチン質から放たれる黒光りとグタム特有の低い震動音だけがあった。

パンチェスタは走った。そのとき、闇の恐怖をはっきりと感じていた。しかし、〝ヒト〟のところへ走るしかないという使命感だけが優先していた。

保護区の門は閉じていた。開閉式の原始的な構造の門だった。パンチェスタは地面に這いつくばり、かろうじてくぐり抜けることができた。成人では無理な大きさなのだ。

管理人室には誰もいなかった。それをパンチェスタは確かめ、〝ヒト〟の家の方角に見当をつけた。〝ショクブツ〟に遮られながら、ゆっくりと歩いた。

「うわっ」

思わずパンチェスタは悲鳴をあげた。突然、パンチェスタの前に〝ヒト〟が立ちはだかっていたのだ。

尻餅をついたまま、〝ヒト〟を見上げた。昼間に出会った〝ヒト〟とは違っていた。もっと若いように見えた。

動かないのだ。〝ヒト〟はパンチェスタに気がついた様子もなく立ち尽していた。〝ヒト〟の剝製だった。保護区の展示品の一つとして屋外に飾られているのだ。その〝ヒト〟は、パンチェスタや、他のワルッィエン人と同じように瞳孔がなかった。

パンチェスタは恐る恐る〝ヒト〟の像を迂回した。再び走り出した。次の〝ショクブツ〟で、身体をいやというほどぶつけた後に、パンチェスタは光を見た。

その光が〝ヒト〟の住まいから漏れているものであることは直観的にわかった。いくつかの窓から光が漏れている。

近づいていくにしたがって窓の光の輪郭がはっきりしてきた。十メートル程の場所で、窓を横切る影が見えた。〝ヒト〟にちがいなかった。

そこで、ふとパンチェスタは立ち止まった。行って、まず何と言えばいいのだろう。

〝ヒト〟は自分が、こんな時刻にやってきたことをどう思うだろうか。何を話せばいいのだろう。詫びればいいのだろうか……。何を。昼間の観光客たちの言動を？　自分に？　そんな資格があるのだろうか？

ほんとうは、〝ヒト〟は自分たち、ワルッィエン人を憎んでいるのではなかろうか。パンチェスタが〝ヒト〟の家へ近づく歩の速度が遅くなった。家へ辿りついても、扉を叩く自信さえなかった。

扉の前にパンチェスタは立った。そこで、気がついた。今、自分は翻訳器を持っていないということに。

それが、ためらいに拍車をかけた。

しばらく立ち尽していた。迷っていた。ふと、昼間の〝ヒト〟の視線を思いだしていた。自分を凝視している何の感情もこもっていない視線。

扉を叩いたとき、パンチェスタは、まだ迷っていた。だが叩いてしまったのだ。振りあげて叩き続けようとした手が止まった。

聞こえなかったかもしれない。このまま、宿泊所へ帰ってしまおうか。今だったら、そうできる。

扉が、内側から突然に開いた。

逆光に〝ヒト〟が立っていた。昼間の、あの棒を持った〝ヒト〟だった。巨大だった。

昼間は、そう感じなかったが、パンチェスタの目と鼻の先にいる〝ヒト〟は、そそり立っているように感じた。

「あの……」とパンチェスタは言った。恐怖もあった。翻訳器がないことも少年をあせらせている大きな理由だった。何を言っても通じるはずがないのだ。

「昼間、来ていた少年だね」

パンチェスタは驚いた。はっきりと聞きとれるワルッィエン語で〝ヒト〟は話しかけてきたのだ。昼間とちがい、〝ヒト〟の口調には優しさがこもっていた。

「は、はい……」

パンチェスタはしどろもどろで、思わず、そう答えた。〝ヒト〟は何度も、うなずいた。

「何か、用なのかね。入場口はもう閉鎖されている時間なのだが。まあ、いい。夜風があたると身体にはあまりいいものじゃない。ワルッィエンの人たちでも、それは同じだろう。用があるなら、中で伺おうか……」

そう言って、〝ヒト〟はパンチェスタを手招きした。誘われるままに、パンチェスタは室内に入った。

宿泊所と同じように、高い天井の部屋だった。

机のようなものがあった。その上に、パンチェスタにとって使用目的の皆目わからない道具が乗っていた。

壁に、例の三人の〝ヒト〟が写されたものが掛けられていた。昼間、窓の外から見えたのは、この部屋だったのだ。

壁にむかいあうように〝ヒト〟の使う安定の悪い椅子がゆらゆらと揺れていた。〝ヒト〟は、パンチェスタが訪問するまで、その椅子を使っていたのかもしれなかった。

〝ヒト〟は、パンチェスタに寝台の上へ座るように手で示した。パンチェスタは寝台の上で〝ヒト〟にむかいあって腰をおろした。

きょろきょろと部屋中を眺めているパンチェスタを、〝ヒト〟は顔をほころばせながら黙って眺めていた。

「どんな用だったんだね。わしに……」

〝ヒト〟は、そう言った。

パンチェスタは、あわてて背筋を伸ばした。

「はい。突然すみません。ぼくは、パンチェスタと言います。今日、父とともに、このシエ・スタに来たんです」

〝ヒト〟は笑いながら、何度もうなずいていた。

「ぼくは、翻訳器がないと、話が通じないのかと思っていました。驚きました」

〝ヒト〟はパンチェスタの言葉に、そこで大声をあげて笑った。

「ワルッィエン人とは、もう何十年も一緒にいるんだ。言葉くらい、ちゃんと喋れるさ。

昼間、皆の前では地球の言葉で話す。翻訳器の貸出料をとらなければならないらしいし、それに、地球人は、地球人らしく見せなければならない。演出だよ」

それから、笑いは淋しげなものに変っていった。あわてて、パンチェスタは言った。

「〝ヒト〟さんは、最後の地球人って本当なのですか。ドニ・ワルッィエンには、他に一人も地球人は残っていないのですか？」

「ああ」〝ヒト〟はそれから溜息をつき、しばらくの間の後に言った。「地球人はもう一人も残っていない。わしも、もう一度は死んでいる。ワルッィエンの地球征服が完了したときにね。もう、わしは地球人の身体をしてはいるが、地球人の抜けガラも同然なのだよ」

「地球……征服ですか？」

「ああ、あっという間に、ワルッィエン人は地球を浄化してしまった。〝浄化の三日間〟で、ほとんどの地球人は死に絶えたし、地球の環境もワルッィエン化されてしまっていた。建造物は消滅し、地表の総てはホメネス処理を施されてな。この、シエ・スタの街だけが例外的に取残されてなあ。

もう、何十年も昔のことだ。わしの若い若い頃の話だよ」

〝ヒト〟は立ちあがり、机の中を開き、何か円型の容器をとりだした。容器のふたを開き、オレンジ色のものを指先にとると、口の中へ放りこんだ。もう一つ、今度は赤い色をとり、パンチェスタの手に乗せた。パンチェスタは、恐る恐る〝ヒト〟がしたように口の中へその赤い小さなものを入れた。

パンチェスタが初めて味わう奇妙な味覚だった。甘酸っぱいという味覚を、パンチェスタは初めて体験したのだ。

「これは何ですか」

口の中のかたまりを舌の上で転がしながら、パンチェスタは聞いた。

「毒じゃないさ。もう少し残っていたから、久しぶりに出してみたわけだ。わしにしては珍らしい来訪客だからね。

それは、昔、地球人が、それも地球人の子供がよく食べていたドロップスというものだよ」

「ドロップス……」

不思議な響きだった。パンチェスタは、何度もドロップスと呟いてみた。それより、不思議だったのは、地球人にも、自分と同じように子供がいたということだった。

「その地球人の子供たちは、どうなったのですか?」

「地球人は、そのとき、皆、死んだ。若い者だろうが、年寄りだろうが、抵抗する間もなかった。わしの父も、母も、兄も、妹も、そのときに死んでしまったよ。

どうこう思いだしても仕方ないことだ。それが、死んだ者たちの運命だったのだろうし。

今、悔んだところで始まることではない」

何も、パンチェスタは言うことができなかった。どんな詫びの言葉も、慰めの言葉も事実を知らなかった自分が口にするのは僭越すぎるような気がしたからだ。それよりも、何よりも、その〝ヒト〟の静かさが、パンチェスタを圧倒していた。

「ぼくは、地球のことは何も知らないのです。ワルッィエンからドニ・ワルッィエンの歴史については、教育器で教育を受けている途中です。ワルッィエンだけでは、ワルッィエン人が住めなくなり、ヨヤ・ワルッィエン、セム・ワルッィエン、ドニ・ワルッィエンと開拓してきたと聞いています。ドニ・ワルッィエンというのが、この場所、地球です。確か、〝ヒト〟が、かつて住んでいたということは聞いたことがあります。〝ヒト〟は、自分たちで星を滅亡に導きつつあったと教わりました。ほっておいてもドニ・ワルッィエンは死の星となっていたかもしれないと……。そこで、ワルッィエン化して再利用したのだと思っていました」

〝ヒト〟は黙って聞いた。何度か、うなずいた。

「そうだったかもしれない。あれは、ワルッィエンの侵略ではなかったかもしれない。地球という星を救ってくれたのかもしれない。それに、地球人の殺戮という行為が伴っていたにしても。誰も責めることはできない。

歴史とは、そんなものだ。結果によってさまざまな歴史ができる。異なる種が出会えば優生な種が残る。仕方のないことだ」

「〝ヒト〟さん」

パンチェスタは言った。

「地球人が、ひとりになってしまって寂しくはありませんか？」

〝ヒト〟は壁の三人を眺めながら、椅子を揺らしはじめた。

「パンチェスタ……と言ったね」〝ヒト〟はそう言った。「わしは、この二人が死んだときに、死んでしまったんだよ。わしの心はね。もう何も希望は持っていない」

壁に掛けられた三人の〝ヒト〟の絵をパンチェスタは見た。

「寂しさもない。哀しみもない」

〝ヒト〟は顎の白い無数の糸状のものを撫ぜながら呟いた。「あとは静かに暮らしていくだけだ。そう、時間も残されていないはずだし」

「あの、壁の三人の〝ヒト〟は誰なんですか」

パンチェスタは尋ねた。突然の質問に、〝ヒト〟は、瞬間、身体を硬直させた。

「左端に写っているのが、わしじゃ。これは写真というものでな。もう四十年前に撮ったものだ。真中は尼那《にいな》。右側が敬介《けいすけ》だ。皆、いい奴だった。

いい奴たちだった。皆が、わしを残して死んでしまった」

〝ヒト〟は、そう言い、もう一つドロップスをパンチェスタに勧めた。黄色いドロップスだった。酸味の強い味が口の中で広がった。

「思いだしたよ」〝ヒト〟は、そうパンチェスタに言った。パンチェスタは黙ったまま〝ヒト〟の言葉を待った。

「思いだしてしまった。いつも、この写真を眺めていたが、最近は、それはただの習慣で眺めていたにすぎなかったんだ。パンチェスタが、そう尋ねてくれたおかげで、昔のことを思いだした。わしたちが、どんな仲間だったのかをな」

パンチェスタは首をかしげて、〝ヒト〟の話を聞いた。〝ヒト〟は許してくれと言った。誰かに話したくなったのだ。我慢して聞いてくれないかと。

三人は仲の良い友人だったそうだ。遊ぶのも、何処へ行くにも一緒の仲間たちだった。ワルツィエン人の侵入が終了して、一握りの地球人が生き残った。三人も、その中に含まれていた。

「この保護区でな、わしたちは、抵抗を続けたんだ。そして、まず敬介が、処刑された。他の抵抗者と共にな。

残された人間は数人となった。尼那という少女にわしは、好きだということを告げたのだ。敬介も、尼那のことを愛しているのを知っていたから、それ迄、そんなことは一言も彼女には、言わなかったのだ。敬介が死んだとき、もう告げるべきだと思ったのだ。どこかへ逃げて二人で地球を再建しようと。ところが、尼那は首を振った。尼那は敬介を好きだったのだよ。皮肉なものだ。

しばらくして尼那も、敬介の後を追うように衰弱して死んでしまった。残されたのは私だけだ。それからは、わしは魂の抜けガラだ。

一人死に、二人死にして、ここには地球人は、わしだけになってしまった……」

パンチェスタは、そのとき〝ヒト〟の眼で何かが光っているのを見逃さなかった。それが何か、聞いてはいけないという気が直感的にあった。〝ヒト〟の気持が光っていたにちがいないのだ。その事件以来、〝ヒト〟の心の中で時が停止してしまっていたのかもしれない。

「ニイナって人を好きだったのですね？」

パンチェスタは言った。

「そうだ。地下の冷凍庫に、尼那も、敬介も眠っている。死んだときのままにな」

そうだ。ともう一度〝ヒト〟は言った。

「あのとき、尼那がわしの気持を受入れてくれとったら、ワルッィエンの宇宙船を奪って、どこか、他の星へ逃げだすつもりだったのだ。ワルッィエンの宇宙船は実に簡単な操作で動くとわかっていたからな。尼那とわしと二人だけで、新しい地球を作るつもりだった。だが、尼那は敬介への愛を貫き通した。わしは、そんな二人の気持に立ち入ることは出来なかったんだよ」

遠い昔のことだ……と〝ヒト〟は言った。

保護区が残る限り、尼那と敬介の遺体は、冷凍庫に眠り続けている、と。それを死ぬ迄、わしは守り続けるつもりでいるんだと、〝ヒト〟は言った。

パンチェスタに言ったのでもなく、他の誰に言ったのでもなく、〝ヒト〟は自分自身に言っているようだった。帰りに〝ヒト〟はドロップスの容器をパンチェスタにわたした。

〝ヒト〟は言った。

「これは子供の食べるものなんだ。プレゼントだよ」

翌日の夜、再びパンチェスタは、保護区にやってきた。

「また、きたのかい」

〝ヒト〟はおだやかな笑顔を浮かべ、パンチェスタに言った。パンチェスタは、あわてていた。息を激しく吐いていた。

「〝ヒト〟さん。逃げてくれませんか」

パンチェスタは、まず、そう言った。〝ヒト〟は、話が摑めず戸惑っていた。

「どうしたというんだ」

パンチェスタは、父の会議の結果を聞いたのだった。会議の結果は簡単だった。保護区を完全にワルッィエン化するというものだった。それも近日中に。

父親は、そう言った。細長い舌を何度もペロつかせながら。

「保護区の〝ショクブツ〟の分泌物が明らかにワルッィエン人の健康を侵していることが証明されたのだよ。選択の余地はない。〝ショクブツ〟はしかも増殖し続けている。一度ワルッィエン化した部分さえも〝ショクブツ〟は侵蝕し始めていることがわかった。保護区全体を、もう一度、浄化しなくてはならない」

「〝ヒト〟は……。最後に一人だけ残っている〝ヒト〟はどうなるの？」

パンチェスタが真っ先に思った疑問だった。父親は、無神経ではなかったが、そう深く考えずに答えたにすぎなかった。

「処理せざるを得ないだろう。ワルッィエン化した場所では、いずれにしろ〝ヒト〟は生きてはいけないだろうし」

「処理って……殺しちゃうの？」

「そうだ。生かしていても、かえって〝ヒト〟を苦しめることになる」

父の言葉に、パンチェスタは足もとをふらつかせた。とっさに父の言っていることが理解できずにいたのだ。

パンチェスタは父に、まだ〝ヒト〟と会ったことを話してはいなかった。

「どうしたんだ。気分が悪いのか？」父は心配そうに、パンチェスタの顔をのぞきこんだ。

パンチェスタは、大きく首をふった。今、悟られてはいけない。

「でも……ワルッィエン人に〝地球〟の〝ヒト〟を滅ぼしてもいいという権利があるのかなあ。〝ヒト〟は昔、この星にたくさん住んでいたんでしょ。それを、ワルッィエン人が住めるようにしてしまったから、〝ヒト〟は滅んだんでしょ。ワルッィエン人に、そんな資格があったんだろうかって思うけれど」

喉がカラカラになりながら、やっとパンチェスタはそれだけを言った。

「博物館へ行ったのか……何故、そんなことを……」

父親は心底、驚いたようだった。それから、まあい……と呟きながらパンチェスタの肩を撫ぜた。

「滅ぼすのが、ワルッィエン人の目的じゃない。ワルッィエン人が宇宙に広がっていく結果として、このような場合も、ときおりはおこる。

……パンチェスタも、もう少し大きくなれば、わかるようになる。ワルッィエン星も、……あんな状態だし」

「だから、〝ヒト〟を処理できるの？」

父親は答えてはくれなかった。

翌日も、父親は午後から会議へと出て行った。パンチェスタは、陽が落ちるのをずっと部屋で待ち続けていたのだ。

しばらく〝ヒト〟は考え続けていた。それから、ゆっくりと顔をあげ、パンチェスタに言った。

「知らせてくれてありがとう。すばらしい勇気と思う。わしは……」

「勇気？」

「そうだ……。だが、わしは、どこへも行けない。運命だと思う。ここで人生をまっとうする」

　パンチェスタは歯がゆかった。

「全部、ワルッィエン化されるんです。〝ジョクブッ〟も、この家も、すべてなくなってしまうんです。地球は跡形もなくなってしまうんですよ」

〝ヒト〟は眼を閉じていた。パンチェスタは自分の言葉が〝ヒト〟に通じていないのではないかと一瞬、疑っていた。

〝ヒト〟は眼を開いた。その眼はパンチェスタを凝視していた。

「パンチェスタ……おまえは信じられるワルッィエン人らしい。わしは、今まで、ワルッィエン人は誰も信じなかった。不思議だ。何故、そんなにわしのことを心配する」

　パンチェスタは、考えた。何故、こんなに見も知らなかった〝ヒト〟が心配なのだろう。

「わからないよ。わからない。でも、誰にも、心の通いあえる生命を〝処理〟する権利も資格もないと思う。逃げてください。

ドニ・ワルッィエンから、……地球から逃げてください。グタム車の繋留場の奥に、小型の宇宙船が停泊しています。あれに乗れば、他星系へ行くことができます。出発時に操縦設定しておけば、宙航中は、操作の必要がないんだ。ぼくが、設定しておきますから〝ヒト〟さんは乗って冬眠しておくだけでいい。すごく、簡単な操縦の宇宙船なんだから」

〝ヒト〟は考えていた。パンチェスタは、何を〝ヒト〟がそう考えるのか、不思議でたまらなかった。選択するといった性質の問題ではないはずなのに。

パンチェスタと声が響いた。部屋の中に声が届いた。複数の声が、保護区の中で広がっていた。

「パンチェスタ。いたら返事をするんだ」

パンチェスタの父親の声だった。

外が、明るくなった。人工的な光だった。さまざまな言葉が行き交っていた。

「〝ヒト〟が子供をさらったんだ」

「殺されているかもしれない。野生化すると〝ヒト〟は凶暴になるからな」

パンチェスタは窓際へ駈け寄った。たいへんだ、父が、部屋にいない自分を探して、捜索を始めているんだ。シエ・スタの街の人々と共に……。自分は、いったい、なんということをしてしまったんだ。〝ヒト〟は人々にどんな目にあわされるかわからない。

「〝ヒト〟さん逃げてください。皆、ぼくを探しに来たんだ。ぼくが、こんな場所にいると、〝ヒト〟さんが悪者にされてしまう。こんなになるなんて、ぼくは思っていなかったんです」

窓から飛び降りたパンチェスタは、〝ヒト〟に駈け寄った。

「パンチェスタ。わしは、本当のことを話そう。わしは、待っていたんだ。ずっと機会を待っていた。

地球人がわしを最後に滅亡なぞするはずがないということを信じてな。こんなことは今迄、誰にも言わなかった。

尼那だ。尼那の気持をかなえてやりたいんだ。尼那は、敬介を愛していた。敬介にしろそうだったはずだ。ところが、二人は、お互いの気持を打ち明けることなく死んでしまった。わしにだけは、二人とも、自分の本当の気持をわしに相談してくれたのだがな。

わしは、尼那のために、計画したんだ。いつか、新地球を再生することが必ずくる。そのときのアダムとイブは、尼那と敬介の末裔にしてやろうとな。

地下の冷凍庫には、尼那と敬介の遺体がある。と、同時に二人の生殖細胞から、わしが人工的に培養した彼らの〝子供たち〟が培養液に凍結されている。

いつの日か、新地球が誕生する。新地球人が誕生する。その新地球は尼那と敬介の愛の具現なのだ。わしには、彼等の愛を成就させてやることができなかった。せめて、尼那のために、わしができることといえば……。

今、パンチェスタは宇宙船の話をしたな。わしには、もう永の年月、宇宙を旅する気力も体力も残っていない。せめて、培養液の〝子供たち〟を、新地球の候補となる星に打ちだしてくれないか。

わしはワルッィエン人は誰も信じなかった。パンチェスタだけは信じられる。信じられるから頼みたい。後生だよ。パンチェスタ。

これが、最後の機会のような気がする」

パンチェスタはうなずいた。

「〝ヒト〟さんは行かないの？」

〝ヒト〟は首を振った。それから、床を開き地下に潜った。

外の騒ぎが、いっそう激しくなった。シエ・スタの街の人々が〝ヒト〟の家をぐるりと取り囲んでいた。何個もの投光器が光の筋を作り、〝ショクブツ〟のシルエットを浮かびあがらせていた。

ここからは、一歩も逃げだせない。そう、パンチェスタは思った。自分のせいだ。自分がいいと思ってやったことが、〝ヒト〟を苦境に追いこむことになってしまった。

一個の直方体の容器を持った〝ヒト〟が地下から上がってきた。

「行こうか。わしのほうは、これでかまわない」

〝ヒト〟の背筋が伸びきっていることに、パンチェスタは驚かされた。何故だろう。使命感なのだろうか。そう少年は思った。

「でも、今、外に出たら……。人がいっぱい集まっているんです」

〝ヒト〟は、窓から外を見回した。

「〝ヒト〟だ。子供の影もさっき見えたぞ。捕まっているんだ」

「何とか、無事に助けるんだ」

口々に、そう叫んでいた。群集は興奮していた。

「何とか、なると思う。武器を持っているものはいないようだし」

ワルッィエン人は、治安官以外の武器携行を禁じられているのだ。

「行こうか」

〝ヒト〟が、そう言った。それから、右手に持った液を〝ショクブツ〟の棒にかけ、奇妙な装置を近づけた。ライターというものだと〝ヒト〟は言った。

炎があがった。

「うわっ」

パンチェスタは悲鳴をあげた。正体のわからない恐怖を感じたのだ。

「やはり、恐いか。不思議なものだ。ワルッィエン人は火を恐がる。それほどの文明を持っていても、本能的な恐怖には勝てんらしい。恐ければ、離れていてもかまわないぞ」

パンチェスタは首を振った。

扉を開き、〝ヒト〟とパンチェスタは、ゆっくりと家の外へ出た。

悲鳴がおこり、群集の輪が広がった。

「パンチェスタ。逃げるんだ」

「誰か飛びかかれ。たかが火を持っているだけだ」

だが、輪が広がるばかりで、誰も近づこうとはしない。一瞬、輪が縮まる気配を見せたが、〝ヒト〟が炎をひとかざしすると、再び輪が散った。

ゆっくりと、〝ヒト〟と、パンチェスタは歩を進めた。

保護区の門を過ぎ、グタムの群を過ぎた。小型宇宙船が眼前にあった。教育器でパンチェスタが習ったとおりの宇宙船。

群集だけが、遠くから、〝ヒト〟とパンチェスタの行動を見守っていた。

「目標位置への自動操縦を設定してくれ」

〝ヒト〟が言った。

「どこへ？　それに無人で行って培養器はうまく機能するんですか？　生まれた子供は自分で育っていけるんですか？　〝ヒト〟さんがついていかなくていいんですか？」

「大丈夫だよ。〝子供たち〟は人間の形として生まれるわけじゃない。環境に応じて、進化する原始的な形態なんだ。何億年かの後だろう。知性生命になれるのは……」

パンチェスタは、耳を疑った。〝ヒト〟は続けた。

「だが、その生命は、敬介と尼那の遺伝子を持っているんだ。進化の末にどのような形態になるかはわからない。地球人のようになるかもしれんし、ワルッィエン人のようになるかもしれん。それはかまわないんだ」

パンチェスタはうなずき、宇宙船へ入っていった。

炎をかざし、〝ヒト〟は外で待った。

「できました、三十数える間で発進です」

パンチェスタは叫んだ。〝ヒト〟はうなずき、直方体の箱を、宇宙船の中へ押しこんだ。

パンチェスタは発作的に腰の袋から容器を出し、宇宙船へほうりこんだ。〝ヒト〟が言った。

「何を入れたんだ」

「ドロップスです。子供たちのために……」

〝ヒト〟は柔和な微笑を浮かべた。扉が閉じられた。

「さあ、離れよう」

十歩も歩いたとき、〝ヒト〟は、何かの反動を受け、その場に転倒した。

胸から赤いものを噴きだしていることに、パンチェスタは気付き、絶叫した。数人の治安官が破風銃を持ち、こちらへ近付いているのが見えた。〃ヒト〃は射たれたのだ。

〃ヒト〃は目を開いていた。

「パンチェスタ。お願いだ。尼那の宇宙船が飛ぶのを見たいんだ。身体をおこしてくれないか」

治安官たちは接近してきてはいたものの、炎の棒のために一定以上の距離には近付けず、〃ヒト〃とパンチェスタを見守っていた。

パンチェスタは泣いていた。泣きながら、〃ヒト〃と同様、自分が眼から涙を流せるということに気がついていた。

〃ヒト〃の身体をおこすと、同時に、宇宙船はゆっくりと浮かびあがっていた。

「尼那……」

〃ヒト〃は呟いた。

「〃ヒト〃さんはほんとうにニィナって人を……」

パンチェスタは言った。それ以上は口にできなかった。〃ヒト〃は空を見上げながら言った。

「パンチェスタ。君にだけ教えてやる。わしの名は、本当は〃ヨシユキ〃っていうんだ。自分でも自分の名を忘れてしまいそうになっていた。ありがとうパンチェスタ」

〝ヒト〟は息絶えた。

いっせいに、群集が駈け寄ってきた。

思わず、空を見上げたパンチェスタの視野の中に宇宙船はすでに存在しなかった。

父に、抱かれながら、パンチェスタは〝ヨシユキ〟という名前を自分は一生、誰にも話さないだろうと感じていた。

時尼に関する覚え書

私が生まれたのは、昭和二十二年。もちろん、そのときの記憶はない。一九四七年だ。自分の持っている最古の記憶は、後に知ることになるのだが——満三歳のときということになる。一九五〇年……。

そのとき、初めて会った彼女の名を、私が知る筈もなかった。最も遠い記憶が、彼女との出会いだ。

夕暮れどきだった。私はひとりぼっちで歩いていた。ともだちと遊び疲れていたのかもしれない。ひょっとすれば、涙ぐんでいたのかもしれない。細い道のむこう、彼女が待っていた。

初秋の夕暮れだが、日射しは強く、一番印象があったのは、彼女が手に持った白いパラソルだった。

三歳の幼児にとって、五歳の子供は大人に見える。学生も母親も年齢的には、「途方もない大人」だ。だから、初めて出会った彼女の髪の白いものや、目尻や頰のいくつもの皺は、そのときの私にとって年齢を把握する推測限界を遥かに超えたものだった。

後に計算してみてわかることなのだが、そのときの彼女の肉体年齢は五十一歳ということになる。

私が持った印象は、まず素敵な人だということだ。悪い人ではないと思った。彼女は穏やかな笑顔を浮かべていた。小柄でほっそりとした彼女は、ほのかに淡いブルーの服をまとっていたはずだ。

彼女は、そこで私を待っていたのだ。

他の、それまで私が知っていた人とは……どこかがちがう。後知恵で評価すれば、品位を感じさせる優雅さ、明るさ、そしてそれらから醸しだされる魅力を備えていた。

後知恵だったかもしれない。後に得た情報を知識として再構築し、自分の記憶としてすり変えたものかもしれない。だが、その最古の記憶は、おおまかな部分では、誤っていないはずだ。

その初老の婦人に出会い、私は立ちつくした。恐怖のためでも、好奇心のためでもなかった。女と視線が絡みあい、運命《さだめ》られたものを本能的に感知してのことだ。

「ヤスヒトくん？」

そう女は、私に呼びかけた。彼女が、初対面のはずの自分の名を何故知っているのかという疑問は湧かなかった。

私は黙っていた。黙ってはいたが、こくりと首を振り、うなずいてみせた。

女は、ゆっくりと私に歩みより、腰を曲げた。女の目の高さが私の目の位置へおりてきて、私たちは凝視《みつ》めあうような形となった。

私は、黙りこくり、唇を噛んで初老の女を睨んでいたにちがいない。泣きだそうとするのを必死でこらえていたのかもしれない。

だが、女は温かい笑みを浮かべ続けていた。初老の女の姿を借りて地に降り立った聖なる天使のように。

「ヤスヒトくん」女は瞳を輝かせて言った。「とっても可愛いわ」

私に、それ以上、告げるべき言葉は何もなかった。だが、女は純白のハンカチを出し、私の頰を拭いた。何かわからないが、天国のような匂いが私を包んだ。それはハンカチが含んだ香料のせいだったはずだ。

「ほら、こんなに擦り傷を作っちゃって。けんかをしたのね」

女は、まるで唄うように言った。女の言うとおりだったのだろう。私が、何故ひとりぼっちで小径を歩いていたかという大きな理由のはずだ。

「もっと、顔を見せて」

女は、私の顔を必死で覗きこんだ。私も、女の瞳を凝視《みつ》めた。そのときのことは、絶対に忘れない。彼女の、すべてのものを吸いこんでしまうような澄んだ瞳に、何かが溢れていた。

彼女は、涙を流すことはなかった。だが、それを、しっかりとこらえていた。それが、女の気丈さだったのかもしれない。とにかく、彼女は、私の総てを網膜に焼きつけようと努力しているかのごとく見えた。

そして、その通りだったことが、後になってわかる。彼女は本当に私を愛していたのだ。しばらくの刻《とき》が過ぎた。そのまま、私も、初老の女も、微動だにせずに、その場にあった。永い刻を過ごしたのか、短かかったものか。今になって思えば知る術もない。

そして、その刻が終り、彼女は、自分の指から、リングを外した。私に言った口調は、優しく、しかし抗いがたいものだった。

「ヤスヒトくん。指輪をはめてないのね。じゃあ……今がわたすときなのね」

彼女は、リングを私に差しだした。そして私の手をとり、右手の薬指にそれをはめた。リングは、それまでのサイズから私の薬指の大きさへと瞬間的に縮小し、黄金色の光を放った。女は微笑した。だが、その微笑は、あくまで寂し気だった。

彼女は、肩で支えていたパラソルを手に持つと、ゆっくりと立ち上がった。

「さよなら、ヤスヒトくん。もう、行くわ……」

私もつられたように、初老の女に「さよなら」と蚊の鳴くような声で言った。もう一度、女は「さようなら」と言い、「でもヤスヒトくんは、私とまた会うことになるわ」と付け加えた。

立ち尽す私を残し、パラソルの女は道の角から消えた。

そのとき、女は私に無数の謎を残して行った。何故、彼女は私の名を知っていたのか。彼女は何故、私をあんなに凝視して悲しげだったのか。私の指にくれた指輪は、いったい何だったのか。三歳の幼児が抱えこむには、大きすぎる問題だったようだ。

母一人、私一人の家族構成だった。

その日のできごとを、あえて私は母には話さなかった。だから、母が私の薬指に光っている指輪を発見したのは、その翌日だった筈だ。母は、そう厳しく問いつめることは、しなかった。いくら黄金色の輝きを放っていても、幼児の細い指にぴったりのリングなぞ、子供のおもちゃのはずにちがいないと思ったのだろう。誰から貰ったとも言わず、決してはずそうともしなかった。頑なな子供だった。そして、指輪は右手の薬指にそのままになった。

紋様は、変らない。金属の紐状部分が一ヵ所でくびれて∞という、〝無限〟の形を造っているのだということを知るのは、十歳を越してからになる。変ったデザインの指輪だという印象しか、そのときはない。

母は、私が生活を意識するようになったときにはすでに働きに出ていた。父は、子供の頃は〝死んだ〟と言いきかされた。母とは正式な……法的な婚姻関係は結ばれなかったようだ。成長の過程で、父の名が〝仁《じん》〟という名であったこと、父の字を一つとって私が保《ヤス》仁《ヒト》と名付けられたことが、母の愚痴の中で、わかるようになる。私は、父に育てられた記憶は一度もない。ものごころついてからは、ずっと、母と二人きりの生活だったからだ。私生児である私の父は、母と知りあった後の短期間で母の許を去っている。所在さえも、わからなかったらしい。

とにかく、母は女手一つで私を育てることを決意しているらしかった。それが周囲の反対を押しきってまで、私を産み落とした意地というものらしかった。しかし、ぎりぎりの生活というわけではなく、私の知っている子供たちよりは、余程に余裕のあるくらしをしていたはずだ。

その後、あの不思議な白いパラソルを持った初老の婦人のことは、私の心にはなかった。ただ、指輪は、はめ続けていた。奇妙なことは、その指輪のサイズも私が成長するにつれて大きくなっていくことだ。常に、その指に適切に膨張していく……。そんな指輪を見るとき、ふと不思議な婦人のことを思いだす。

「また会うことになるのよ……」という彼女の言葉とともに。

その言葉は、嘘ではなかった。

再会したのは、私が小学校二年のときだ。私が、友人から借りた雑誌の別冊付録「鉄腕アトム／ポチョムポチョム島の巻」を公園の木陰で読んでいたときだった。

ふと、人の気配に気づき、顔をあげると、正面のベンチに彼女が座っていた。あの女性だった。あのときと同じく白いパラソルをさして、私に微笑みかけていた。

私は立ちあがり、お辞儀をしたのを覚えている。それから、「こんにちは」と言った。

女は、「こんにちは、保仁くん」と答えた。まちがいない。彼女のはずだ。ただ何か、印象が変っている。

女は立ちあがって私の方へ近付いてきた。私が連想したのは、指輪を返すときなのだろうかということだ。

近付いた女に、私は、指輪をはめた手を差しだした。

「これを返すんですか」

女は、大きく首を振った。それから、自分の指を私の目の前に差し出して見せてくれた。そこには、私が貰った指輪と同じものが、はめられている。

「この守護指輪は、私も持っているの。保仁くんでもっていていいのよ。返すときは、自然にわかるわ」

「わかりました」とだけ私は、答えた。

それから、しばらく彼女は、私に、そのときの生活や、学校のことを尋ねた。学校では、どのような子供なのか、家庭ではどのようなできごとがあるのか。女は、すべてが自分にとって重要な意味をもつかのように熱心に私の答に聞き入った。

「ねえ」彼女は、言った。「日記をつけはじめた？」

私は首をふった。あまりに質問が唐突だったからだ。日記の意味も、そのときの私は、深く知りはしなかった。

「毎日、自分におこったことや、興味のあったことを記すの。毎日、日記をつけたほうがいいわ。そして、なくさないようにとっておくこと。できるでしょう？」

「はい」

私は、思わず、彼女の眼に吸いこまれるような気持ちで、そう答えた。そして、そのとき印象が、前と会ったときと微妙に異なっていることに気がついた。何が変ったかという点。

白髪が少くなっていた。

全体の表情の中から、いくつかの小さな皺が消えていた。

最初の出会いのときより、若くなっている。

初めてのときのような戸惑いは私にはなかった。それに、彼女に自分のことを語るのは楽しかった。母でさえ、日常に追われ、私の学校のことを、こんなに詳しく訊こうとはしなかった。それを、この女性は母親以上に、熱心に耳を傾けるのだ。

この女性は……母親とも……世の中に存在する他の女性とも……まったく異なる女性なのだ。私は、彼女に語りながらそう感じていた。何故かというと、語り続ける自分が幸福感を感じている……。母親よりもひとまわり年長の女性を前にして。まるで、自分の祖母に語るかのように。

「もう……、ぼくは家にかえらなくちゃいけない」

そのとき、立ち上がったのは私の方からだった。母から言われた門限は午後五時なのだ。

「そう。じゃあ……またね」

女は、私に、そう言ってつぶらな瞳を細めて微笑した。

「さよなら」私は児童帽を真直ぐにかぶりなおしお辞儀をした。それから駈け出そうとした。ふと、大事なことを思いだした。

「名前……聞いてない……」

女は、声をたてずに、白いハンカチを口もとにあて、楽しそうに笑った。

「じにぃっていうの。ときのあまって書くのよ」

私は、何度も口の中で呟いた。確実に名前を覚えるために。

「ジニィ、ジニィ、ジニィ……」

後を振りむかずに駈け去りながら、何度もその名前をくり返した。それが彼女の名を知った初めての日だ。

私は、その日から、日記をつけ始めている。母の勤務は、その頃から、より短かくなっている。私が小学校へ行くのを見届けて、午前中だけの仕事に出掛け、私が帰宅する頃は、家事に没頭していることが普通だった。

母の勤務のわりに、余裕のある生活のできる理由をたずねたことがある。

母は、悪びれることなく即座に答えた。援助があるというのだ。父親の近親者が匿名で送金してくると私に告げた。はっきりと特定できない個人からの援助だということで、最初は、使うのをためらったと言った。しかし、今では、保仁のために好意に甘えさせて貰っている……。そう母は私に告げた。

私が連想したのは……もちろん……指輪をくれた謎めいた婦人のことだ。父の姉さんだろうか……。あの〝じにぃ〟という奇妙な名前の女性は……。

だが、やはり、私は誰にも時尼《じにい》の話をすることはなかった。母にさえも。それは、重大な秘密の分野のことだと私は本能的に感じていたからだ。

小学校の図書館で、「足長おじさん」という本を借りたのが、その頃だ。少女が未知の男性から援助を受ける。その未知の男性を少女は「足長おじさん」と名付け、自分の近況を手紙にしたため続ける。

　少女向けの読みものだったが、私は、その主人公との共通点を無意識のうちに感じていた。たぶん、私の「足長おじさん」は、あの白いパラソルの婦人のはずだった。これは確信していた。顔も姿もわかっていた。だが、わからないのは、どこの誰かということだった。

　それからも〝時尼〟は、年に一度くらいのペースで、私の前に出現した。それは、私がいつも一人のときを見はからってのことらしかった。図書館の休憩室のこともあれば、近所の神社のこともあった。一人で映画を観に行くと、時尼が隣の席に座っていることもあった。それから、おたがいに他愛のない話をした。私には会話のやりとりを楽しむ十分な自我が生まれていたし、〝時尼〟も変化していた。どのように変化していたかというと……。

　私が中学に入る頃には、〝時尼〟は、初老などではなかった。ほぼ、母の年齢に外見上は若返っていた。それが何故かそのときに私には、絶対に発してはいけない疑問のように思えてならなかった。初老のときに感じた吸い込まれるような澄んだ瞳は、いっそうに輝きを増し、魅力的になっていた。私も、世の中の女性を異性としてとらえることのできる年齢に達しはじめていたから、〝時尼〟に対しての感情も母親とは異なる暖かさといったものに敏感に反応していたはずだった。

時尼は、魅力的だった。そのとき、三十代の後半だったにもかかわらず。

だが、心の底で、時尼に対して疑問を抱き続けていたのは事実だ。何故、彼女は会うたびに若返っていくのか。何故、私に会いに現れるのか。

〝時尼〟という名前そのものが不思議な響きをもっている。アラビア民話に登場する女の魔神がジニィと呼ばれるのを知ったのが、やはり中学生の頃だ。〝時尼〟は女魔神なのだろうか。そうふと思ったりもした。彼女がくれた指輪は、守護指輪であり、こすれば、女魔神が出現する……そんな連想さえ持った。とすれば、〝時尼〟は指輪の精ということになる。だが、時尼には、魔性は存在しない。

高校時代、クラブ活動をやることもなかった。私の趣味は、読書が主になる。特定のガールフレンドも作らなかった。交際を申しこまれたことも、何人かの女性からあった。だが、私は興味が湧かなかった。どうしても、時尼のおもかげと無意識のうちに比較してしまうのだ。それは、時尼の外観年齢が、母親と反転したとき以来、徐々に確実になっていった。

十七歳の思春期の少年にとって、三十代半ばの時尼は、十分に思慮深く、大人の魅力を備えた理想的存在の女性だった。

その頃には、一年に一度というサイクルではなかった。私が無性に会いたいと思うとき、時尼は、出現してくれるようになっていた。二週か、三週に一度の出会いのたびにでも、彼女の肌がますます白く、みずみずしく変化していく様子がわかった。以前に感じていたふくよかさも、それに並行して余分な脂肪が削げ落ちていくという形で消失しつつあった。

「あなたは勤めには向いてないわよ」

公園を歩きながら、時尼は、明るくそうアドバイスした。私は、自分のすべての思いを時尼に相談するようになっていた。

「じゃあ、何が向いているんです」

「画家になればいい」

私には、ショックだった。私は、自分の進路のさまざまな可能性を考えていた。だが、その可能性は、地味で現実性のあるものに限られていた。

たしかに絵を描くことは好きだった。何度も子供の頃から入選したこともある。だが、自分の能力は、絵を一生描き続けることのできるほどのものとは過信していなかった。好きな絵を描き、職業画家としてやっていける才能など何百万人に一人といった確率で与えられるはずのものだと信じていた。ましてや、その才能が自分に備わっているとは、とても信じられなかったのだ。

「ぼくは、……画家になれますか？　画家として成功するんですか？」

大きく、時尼はうなずいた。

「画家になれるかどうかということではなく、保仁くんが、どれだけ真剣に画家になりたいかという気持ちのほうが優先するということよ、画家になれます」

時尼は、私に向きなおり、真剣な、あの総てを説得してしまうことが可能だという瞳で言った。

私は、そのとき進路を決定した。学費の心配もすることなく、私は美大に進むことになる。

美大の一年のときに、私は、ある洋酒会社が、文化事業として開催しているコンテストに応募した。まったくの我流の描法で油絵を完成させたのだ。その賞は、美術界では伝統があるらしく、ひとつのステイタスが私に与えられることになった。

大賞を受賞したのだ。

それは、幸運の類だったかもしれないと思う。だが、幸運は続けざまにやってきた。ニューヨークの画商が、私の習作を含めた絵画を高額な値で買い求めに訪れた。画商は、新作ができ次第、連絡が欲しいと私に告げた。

時尼に、そのことを告げると、当然だわと彼女は笑った。「わかっていたわ、あなたの才能は。自分で気がついていなかっただけよ」

それが、まだ私が十九歳のときのことなのだ。未成年者には、荷の重すぎる金が転がりこんできた。使い途さえよくわからない年齢というのに。

その金は、翌年、母親の発病のときに、湯水のように、ふんだんに費されることになる。

母親は、結局、四十五歳の若さで、この世を逝くことになる。

胃ガンも末期で発見されたのだ。

あらゆる療法を、金に糸目をつけずに試したのだが、母の生命をつなぎとめることはできなかった。

治療の途中で、私は時尼に相談した。何とか、助ける方法はないものかと。

しかし、時尼も、そのときだけは、悲しそうに、首を振り、初めて私の身体を抱きしめただけだった。

そのとき、時尼は、立派に私にとって年上の魅力的な女性だった。私にとっての異性は、時尼しか考えられなかった。

母は死ぬまえに、もう一度、私に父のことを話した。父は不思議な人だったが、決して自分を捨てる人でも悪い人でもなかったと告げた。だが、その後は、いつものとおり愚痴になった。

その末期の話の中で、私の保仁という名は父親の仁という字をとったものだとくり返した。私にそっくりの顔をしていたと言った。ちがうのは、右の小鼻の横にホクロがあったことだけだと。

それが、何を意味するものでもないことは、私にはよくわかっていた。単に報われなかった母の繰り言でしかなかった。

母は、私の画家としての成功を最後まで祈り続けた。「もし、おまえが父さんの……仁の血を引いていれば絵はうまいはずさ。もし、あれが父さんが描いたものならね」

そんな父の才能の部分は、私は知るはずもなかった。

母の最期は、あっけなかった。荒い息をくり返し、あっけなく呼吸が止まった。

私は、そのとき、天涯孤独の身になったはずだった。

号泣を終えて、病室を出ると時尼が廊下にたっていた。私は、時尼の身体にしがみつき、涸れはてた筈の涙を再び溢れさせた。時尼は私が落ち着くまで辛抱強く、慰めてくれた。

ロバート・ネイサンの「ジェニーの肖像」という本を読んだのは、その頃のことと思う。時尼に話すことはなかった。あまりに共通点が多いが、時尼とはこの本の場合、逆なのだ。最初、主人公の前に出現したジェニーという幼女は、出会いのたびに急速に成長していく。そして、主人公の年齢に接近したときに……。

この本の題材が頭にひっかかっていたのは事実だ。

時尼に、それまで禁忌と信じて決して発しなかった質問をしたのは、母の四十九日の法要をひとりきりで済ませた後のことだ。

あなたは、誰なんだ。何故、会うたびにだんだんと若返っていくんだ。

そう、単刀直入に時尼に質問した。

「私は、そときびとだから……」

一瞬だけ、時尼は寂しそうな表情に変り、やはり寂しそうな笑顔を浮かべた。「でも、他の人々と何ら変るところはないのよ。化物でも、魔女でもない。――ただ、一つの点だけを除いては」

ただ一つ異なる点、そして、そときびと。そんな言葉を、私が理解できるはずもなかった。

何故、ぼくのことにかまってくれるんだ。ぼくの子供の頃から……。

「あなたには……色々と世話になったわ。それに……私は、保仁のことを愛しているの……。愛する人のことは、すべて知りたいと思うの……。これって……不自然な衝動なのかしら。愛する人と、どんな状態にあっても会いたいと思うことは」

それは、私だって、同じ思いだった。時尼は年上であれ、それ以前に、私は、時尼を、確実に愛していたのだから。

二十歳の私の誕生日に、私と時尼は、食事をともにとった。その日、時尼は、子供を連れてきていた。レストランは個室だった。

時尼は、私にその子供を紹介した。利発そうな顔だちの子だった。私は、何故か胸騒ぎを抑えることができなかった。

「この子供さんは？」

「息子です。八歳になります」

一瞬、言葉につまった。時尼は、子供がいる……。ということは、結婚しているということ……。

「そんなこと、これまで教えてくれなかった……」

ほとんど絶句しそうな口調だった。平静を装おうと努力しているにもかかわらず。

子供は、食事の間中、私の顔を盗み見た。私が観察される側にまわったようだ。

「御主人は、何をされる方なんですか？」

私の口調は、自然ともったいぶったものに変っていた。

「画家よ」

少々、悪戯っぽい笑いとしか私には受けとれなかった。だから、私に画家になれとすすめたのかと。夫の職業がそうだからといって、私にまで、その職業をすすめるなぞと。

「御主人は、今、どちらに？」

「私の目の前にいるわ」

私は、虚を突かれたような気持ちになった。その意味が、よく掴みかねた。

「ぼくが……？」

時尼は断定するように大きくうなずいた。それは何かの冗談なのだと私は、思いを巡らせた。

「子供さんは……。子供さんのお父さんは？」

うろたえたような口調で、私は尋ねた。それから目の前の白ワインを一息で呑みほした。

「仁の父は、あなたです」

とっくにわかっていることを儀式のように伝える口調だった。

そのとき、私の二十歳の誕生日だったことを思いだした。途方もないジョークとしか思えない。とすれば、この子が八歳なら、この子の父親になったとき、私は十二歳だったことになる。

それから、奇妙な符合に気がついた。母から聞かされた父の特徴を。

父の名前は「仁」。

うつむき加減で私を睨みつけるようにして食事を続ける「仁」の小鼻の右側のホクロ。

まさか……。この子供が、……私の父だということはないはずだ。そして、時尼が、私の祖母だということも。

何となく気まずい食事会となった。

時尼は、子供を寝かせる時間だからと、私に言った。私の中では、さまざまな疑問が、沸騰していた。

「そときびとってのは、過去から翔んできた人たちのことなのか?」

それだけを時尼に尋ねた。

大きく時尼は、首を振った。

「たぶん、……今度、詳しく話した……話せるはずだと思う。今日は、ここまでにして」

それから、時尼は、子供の仁を見やった。仁という子供は、大きな欠伸をした。

そのときだけだ。私が、仁という子を見た記憶というのは。

私は、それまで、時尼がどこに暮らしているか、どのような生活を送っているかということが、まったくわからずじまいだった。だから、その後、数年の間……そう、人類が月面に立ち、ベトナム戦争が泥沼化している間、時尼に出会うすべがなかった。

私は画を描き続けるしかなかった。

私が二十七歳になったとき、私は自分の家を持つことが出来た。

自宅の最初の訪問者が、時尼だった。

夜、ノックの音がして、扉を開くと彼女が立っていたのだ。

信じられなかった。これまで出会い、話をしたうちで、一番素晴らしい時尼が立っていた。

全身が雨で濡れそぼっていたにもかかわらず、それは、時尼の魅力を一層に際立たせる効果しかなかった。

彼女は、瞳いっぱいに涙をためていた。子供の仁の姿はどこにも見当らない。

数年間の空白の間に、彼女は信じられない若さを獲得していた。どう見ても、彼女は、私と同い年……あるいは年下にしか見えなかった。

「保仁さん」

そう叫ぶと、時尼は、私の腕の中に飛びこんできた。私が拒むはずはなかった。何年も時尼との再会を夢見てきたのだから。

「全身が、ぐっしょり濡れている。外で雨でも降っていたのかい」

時尼は、黙って私にしがみついたまま、こくんとうなずいた。そのとき、外で、急に激しい夕立ちの音が響きはじめた。

今、雨が降り始めたのだ。

「久しぶりだ。どうしていたんだ」

私は時尼を、抱えるように居間へと連れていった。

「仁くんは？」

「仁くんって……？」

不思議そうに私に問い返した。嘘をついたり、しらばっくれている口調ではなかった。

「君の子供……。そしてぼくの子供とも言った……」

時尼が、一瞬、美しく細い眉をひそめた。

「その子ね。立派に育つのね。私と保仁の子供……。仁というのね。保仁の仁をとって……。いい名前だわ」

「時尼は、今度会うときに、すべてを教えてくれると言った。そときびとって何なのか。ぼくと時尼は、なんでこんな不思議な……相手同士かってこと」

私は、熱いコーヒーを入れ、時尼にすすめた。時尼は、私のまえで恥じることなく濡れた服を脱ぎ、私のローブを着た。私は、胸の鼓動が速度をあげるのがわかった。

「今が、話すときなの？ 私の番？」

私はうなずいた。

「まだ、知ってると思っていた……」

観念したように大きく時尼は、溜息をついた。

「そときびとってどういう意味なんだ？」

時尼はうなずき、テーブルの上のメモ用紙を取り出し、ボールペンで書いた。

——遡時人——

それから、何も言わずに時尼は、私の顔をじっと見た。それが〝そときびと〟と読むものらしかった。

「昔から……遡時人っていたのかい？」私はまだ、はっきりと遡時人の概念を把握できていなかったのだ。

時尼は大きく首をふった。「過去は私たちにとっては未来。保仁たちにとっては遙かな未来から遡時人は、いたのよ」

「どういう意味だい」

時尼は、息を大きく吸った。それは溜息としては吐きだされなかった。

「保仁たちは……一般の人々や事物は、時間に軸を設けたとして過去から未来にむかって生きていくの。過去に生まれ、時間の経過に正比例して成長し、老いていく。でも、私たちは遡時人。未来のある時点で誕生し、過去に逆のぼって成長していく。遡時人どうしで結婚し、次の過去の代へと子孫を残していく。だから、私が生まれたのは、二〇〇一年。今、一九七四年だから、私、肉体年齢は二十七歳ということよ」

私は沈黙した。彼女の言葉の意味を必死で探り続けていたのだ。

「だけど、そんな人々の存在など聞いたこともない」

「私たち、遡時人が、どうやって生まれたのか、私にもわからないわ。でも、私たちは少数なの。少数のものは迫害を避けるために隠れるの。遙かな未来からそうだったと母に聞いたわ。私みたいに普通の人と愛しあうようになった話なんて聞いたことないもの。遡時人の存在さえ、誰も知らないはずよ」

「じゃあ、ぼくがこれまで会ってきた時尼は……」

「これから……私が……年老いていく将来の私よ」

「きみが連れていた少年は……？」

しばらく二人は口ごもってしまった。やがて、時尼が言った。

「私のお腹には、子供がいるんです。あなたの……保仁の子供。その成長後の姿だと思います」

「——……」

「私たちが……遡時人が、普通人と同じ時間軸の進行方向の中で生きようとすれば、凄まじい精神力と肉体エネルギーを必要とするんです。だから、……これから、あなたの子供を無事に出産するためには、自然な時間方向の中に身をゆだねなければならないんです」

ということは、未来から過去へ流れるマイナスの時間軸の中こそ、時尼にとって自然な時間軸の流れということになるのだ。

私は、はっきりとそれまでの不可思議を理解した。何故、幼児期の私が出会った時尼が初老の婦人だったのか。出会うたびに、時尼が若返っていった理由も。そして時尼が私のことをおたがいに愛しあっていると自信を持って言ったかということを。私は、時尼の未来から過去へ向かって生きているのだ。

とすれば、ひょっとして……。時尼の息子……そして私の息子と言った仁という子も、遡時人の資質を持って過去へ向かって成長していき、私の母と出会ったのではないか。だが、断定することはできない。何も証拠はないのだから。

「これから、どうするんだ。時尼！」

私は言った。

「しばらくあなたとは会えません。逆の時間軸で、子供を育てます」

何故、外で夕立ちが降りはじめる前に時尼の身体が濡れていたのかは、わかった。自分の時間軸の中で、時尼は私を訪ねてきたのだ。そして過去数年間、時尼と会えなかったことも思いだしていた。あれは、出産と子育てに時尼が必要とした時間なのだ。

そして、一つだけ、大いなる誤解があった。時尼が、私の胸の中へ飛びこんできたのは、再会の感動のためではなく、別離の哀しみのためだったということが、そのときわかった。

私は、時尼にとっての未来の姿をこれまで愛し続け、時尼も、私の未来と愛しあってきたのだ。同じおもいでを共有することもなく。

だが、まちがいようもなく、おたがいに信じあえることが、一つだけあった。私と時尼は、おたがい愛しあっているという事実だ。

「遡時人が、普通人と愛しあったことがないと時尼は言ったね。じゃあ、ぼくたちの場合は、どうなんだ」

「私たちが、出会うのは運命だったのよ。私が、ものごころついたときには、あなたがいたわ。私の人生には、いつも保仁がいたもの」

そうなのかもしれない。これからの人生の中では、時尼なしの暮らしなぞ、考えることもできないのだ。

ふと思いついたことがあった。

初老の時尼に言われたことだ。私は奥の部屋から、数冊の日記をとりだし、時尼に手渡した。

「役に立つかどうかわからないけれど。昔の……いや、時尼にとっては将来の……時尼から、つけるように言われた日記だ。持っていけばいい」

時尼は、うなずき、やっと笑顔らしい笑顔を私に見せてくれた。

時尼は、その日、私が目を離した隙に、私の前から消えていた。

翌日から、時尼との生活が始まった。目を醒ますと、私の隣に、時尼が眠っていたのだ。奇妙さは、感じなかった。遡時人との生活は、そんなものかもしれなかった。

時尼は、私に愛の言葉を投げかけ、私の世話をやきたがった。

遡時人にとって、私のような普通人の時間軸とあわせた生活は、大変なエネルギーを必要とするはずだった。だが、外観上、私との生活に、時尼は何の不便も感じていないように見えた。私が仕事で、アトリエにこもり、絵を描き続けるときも、できる限り、時尼は私の側にいたがった。外出のときもそうだった。定められた時間を惜しむように、時尼は、私に寄り添っていた。

その生活に限りがあることは予感があった。私が時尼と再会した日が、時尼にとって私との別離の日であったように、私の前で時尼は若返っていき、いつか、時尼と別れる日がやってくるはずなのだ。それはお互いの愛情を超えた時間軸の違いという、絶対的な力なのだ。

ふと、思いついたように私は時尼に尋ねた。

「時尼とぼくが暮らしはじめて、どれくらい経つんだ」

「私が、この家にきてから?」

六年間というだいたいの経過を時尼は語った。私の表情が、少し曇ったのかもしれない。私には、あと六年という月日しか時尼との暮らしを楽しむ余裕がないのだ。

時尼も私に質問した。同じ質問だった。すると、お互いが、それぞれに残された期間を指折り数えることができるのだ。

過去からの時間と未来からの時間が、すれちがう刹那の愛。それが私たちだった。

出会いも、愛の形もそれぞれに奇妙なしかし真実の愛。だからこそ、私たちは、必死で、おたがいのすべてを知りたがった。

「私、年をとったら、どんなおばあちゃんになるのかしら」

無邪気に時尼は私に尋ねた。「可愛いいおばあちゃんだった」そう私は答えた。

「うちは、母一人、子一人で育ったんだが、いつも匿名の援助者がいたらしい。ひょっとしたら、時尼かもしれないと思うんだが」

時尼は微笑した。「たぶん、そうだと思う。私の子供の頃から力になってくれたのも保仁だと思うし……。私……保仁が困る場合があれば、必ず助けると思う。自分にどれだけの力があるかは別として」

たぶん、援助者は時尼だったはずだ。私も、これから年老いて、時尼が私のもとを離れても、時尼を助けていくつもりでいたのだから。

しかし、限られた筈の時尼との時間の中でいかに有効な刻を過ごすかということの方がそのときの私には、大きな問題だった。その限られた共通の時間枠も、ほっておけばどんどんと過ぎ去っていくのだから。私は未来へ、時尼は過去へ。小さな旅行なら、いくつもやった。二人の共通のおもいでを必死で作っていたのだ。

そして時尼は、日を追うごとに少しずつ若返り、私は、成熟期を迎えはじめた。蓄えもできていた。画家としての名声も、動かないものになっていた。

そのとき、私は自分の仕事の中で本当に描きたいものを発見した。いや、仕事を離れて自分自身のために、時尼のために。

私は、時尼の肖像を描きはじめた。時尼が、いちばん人生の中で輝いている瞬間を、私の絵の中で凍結しようと思いたったのだ。

時尼は理想的なモデルだった。私は本来、抽象的な絵を描きたがる。だが、このときは、時尼の美しさを輝きを、あるがままに、細密に描くことに必死になった。微笑し、白いブラウスを着た時尼。細く白い指には、あの共通の指輪がはめられている。私と、時尼を結ぶ赤い糸の端子のような無限のマークの入った黄金色の指輪が。

肖像画を描いたのは、それが、最初で最後のことになる。時尼は、その絵を見て予想以上の喜びかただった。

「お願い。これを私へのプレゼントにして」

私が本来、持ち続けようと思って描いたものだった。しかし、それほど喜ぶ時尼にいやと言えるはずがなかった。いずれやってくる時尼との別離の後に、私は、この絵を身近にいつも飾っておくつもりでいたというのに。

普通人同士の愛も、結局は同じことだと思うように努めた。出会いがあり、愛しあい、そして、いずれは別離がある。しかし、その別離が死によってもたらされるものか、いつ、別離が訪れるのか予測しようはない。しかし、私には、時尼との愛の生活の終わりの日は最初からわかっているのだ。

そして、一九八一年に、その日がやってきた。私が三十四歳で、時尼が二十歳のときのことだ。そのときまで時尼に聞きもらしていたことが一つある。怖くて聞けなかったこと。聞いても仕方なかったこと。

仁という少年は、私の子供であり、私の父親でもあったのかという疑問。とすれば、時尼は私の恋人でもあり、祖母であったのかという畏れ。

二十歳の時尼に、そのような疑問を投げかけても答えられるはずがないのだ。

時尼は、希望に胸を弾ませて、私の家の扉を叩いた。彼女は、今、私との生活を夢見て顔を輝かせている。彼女にとっては、新しい私との生活のスタートの日。

そして私にとっては別離の日。

寂しさを隠すことで私は必死だった。せっかく、時尼が希望に胸を膨ませている。その時尼の心に水をさすようなことはできはしない。かつて、時尼も同じ体験を味わったはずなのだから。私も強く温かくむかえてやる必要がある。

私は、これからの生活が素晴らしいものになることを時尼に確約し、温かく抱きしめてやった。彼女の希望に満ちた輝きと対照的に遣る瀬なさを感じながら。

だが、私には、なす術はない。すべて、時の流れの中で私に抗う法は何もなかった。

時尼から贈られた彼女自身の日記を、しっかりと抱えながら、私は涙が溢れるのを必死にこらえていた。

翌日から、私はひとりだけの時尼のいない生活に入った。朝、前日まであった時尼の気配は、まったく消え去っていた。

時尼の日用品は、きれいさっぱりと拭い去られていた。洗面台にあった時尼の歯ブラシも、鏡台の前にあった化粧品も、すべて消滅していた。

前日、時尼が私に贈った彼女の日記を除いて、きれいさっぱりに。

私はベランダに出て分厚い日記をぱらぱらとめくった。子供の頃からのさまざまな時尼の身におこったできごとが丁寧に記されていた。

それを虚脱感の中で目で追っていた。カタカナで書かれた〝ヤスヒトおじさん〟という人物の名前が見える。頁をめくるたびに、書体が安定性を増していくのがわかった。不思議なヤスヒトおじさんがいつかヤス仁おじさんにかわり、保仁のお兄さんと記されていった。

まだ、時尼と会えなくなったわけではない。

この日記には時尼との再会できる日々が、あたかも予定表のように記されているのだ。

どの場所の何時に時尼と出会うことになるのか……と。

いつしか、私は、虚脱感が消え去り、必死でページをめくり続けていた。

〝遡時人〟は、その存在を知られることなく遙かな未来から存在している。だが、その起源は遡時人自身も詳しくは知らないようだった。人類の一部が、ある未来の一時点で、時間軸の反転をおこしたのは間違いないようだった。だが、何故、反転をおこしたのかという理由は、わからない。遡時人の末裔が、過去のどの時点まで存在したのかもわからない。その日記の中で知る限り、彼らは、二十四時間を一サイクルとして、正常人と同じ生活を送って、次の二十四時間で一日過去へと遡時するのだ。だから、私があるとき想像したように、すべて歩き方も、喋りかたも逆回しで生活を送っているというわけではないようだった。その点を除けば、彼らの周囲の所有物まで含めて時間軸が過去へ進行していく。

時尼の住まいの場所も出会う場所もわかっていた。

私は、立ち上がった。

今度は、私が足長おじさんになる番なのだ。

それから、私は女性としての逆まわりの人生の時尼につきあうことになった。彼女は、多感で無邪気で……しかし聡明だった。その本質は彼女の過去からすでに萌芽として存在したことを私は、出会いのたびに確認した。

私は時尼にとって、抱擁力のある守護者となった。彼女は、自分の一般人と異なる体質の悩みを、すべて私に相談した。

完全な守護者となれたものかどうかは、わからない。しかし、私は必死でその役まわりを演じていた。

かつて恋人であった少女は、何の邪心もなく私を頼っていた。そして、ときおり……刹那だけ、私に対しての思慕を告白しようとするのだ。しかし、私にとって恋人の季節はすでに終っていた。どうすることもできない。時尼という少女に対して。

ただできることは、若返っていく時尼を見守り、助言を与え、経済的負担を取り除いてやることだけだった。

そして、年月が過ぎ、人々は増え、文明は地の果てまでも広がった。時尼は、少女のときを過ぎ、幼女の時代を迎えた。

一九九六年。ついに時尼の日記は、最初のページになった。

このページが、二度目の私との出会いだと時尼は記している。時尼は、五歳。

まだ、本人は、遡時人が何たるかも知らない年齢だった。

私は、日記にある時尼の家の近く、マンションの軒下で待った。

雨が降りはじめた。もうすぐだった。

一人の幼女が、私めがけて走ってくる。

五歳の時尼だった。突然の雨を避けようと雨やどりに駈けてくるのだ。

「時尼……」

私は、そう呼びかけた。一瞬、時尼は、不思議そうに私を見た。それから、一生を通じて私に与えてくれた例の笑顔を浮かべた。右手をあげ、自分の指輪を私に見せた。私も笑い、自分の指輪を時尼に見せた。黄金色の無限のマークが入った指輪。

「おじさんは……おじさんは誰ですか？」

時尼は、小首をかしげそう私に言った。

「ヤスヒトです。たぶん……一生、時尼のともだちになれる人だよ」

時尼は、私の言葉を素直に、あるがままに受け入れたようだった。何の怖れもなかった。

「私、この指輪、好きよ」再び、自分の手を私にかざしてみせた。

私は、うなずいた。それから、二言三言、尋ねた。生活のこと、家族のこと。

何の不安も、今の時尼にはなさそうだった。

「そろそろ……今日からでも日記をつけなさい。私も、時尼の今の年齢くらいから日記をつけはじめた。毎日のできごとを記すんだ……」

時尼は「どうして……」と答えた。

私は、一瞬、口ごもったが、「おじさんのために、書いて欲しい」そう付け加えた。

「わかったわ。約束する。今日から日記をつけるわ」

「ありがとう」

時尼はあの純粋さをたたえた瞳をくるくると動かして、言った。

「だって、ヤスヒトおじさんは、イイ人だもの。初めて会ったときから、おじさんは時尼の好きな人よ」

私は、微笑した。微笑しながら涙もろくなった自分に照れていた。

そして時尼に、別れを告げた。

あと、一度だけは……会える確信があった。だが、それが、いつなのか、確信はない。

そして、その残された唯一の〝時〟を何時、使ったものかと頭を悩ませた。

そのときが、時尼との最後の邂逅になるのだ。

その決断が、あやふやなまま、私はひとりだけの時を過ごした。契約の絵を仕上げ、暇なときは、くり返し、時尼の日記をめくった。そして、ある日、私は二階へ上った。

そこは、私が倉庫代りに使っていた部屋だ。それは単に気まぐれだったのかもしれない。時尼の日記を読んでいたとき、ふと、あの仁という少年のことを思いだした。すると、父と母との関りが気になり始め、二階へ行ったのだ。

二階には、数十年、手もつけなかった荷物があった。

私の母の遺品だ。

かけられていた紐を解き、一つ一つを丁寧にならべた。それは、すべて母の愛用していた品ばかりだった。引っ越しサービスに荷造りをさせてここへ運ばせて以来、初めて手にする品ばかりだった。

その薄く大きな長方形の箱だけが、一層、頑丈に包装されていた。包装には母の書体でこう書かれていた。

「仁からの預かりもの／昭和二十一年十一月」

私の胸で動悸が打つのがわかった。私は、あわてて包装を解いた。

出てきたのは、古びた肖像画だった。だがその絵は、私に驚き以上の衝撃を与えたのだ。

時尼の……私が描いた若き日の時尼の肖像画だった。「母、時尼、結核のため、昭和二十一年死亡／母の思い出に／仁」キャンバスの裏に墨でそう書かれていた。

母は、この絵を父が描いたと信じていたのだ。だから私が画家になることを話したとき、「父さんの血を引いていれば、うまいはずさ」と言った意味を理解した。

父に託され、母は、この絵を大事に守り続けたのだ。私が時尼に贈ったこの肖像画を。

過去を遡り、母に守られて未来へと。

肖像画の時尼が笑いかけていた。

翌日、私は、三歳児の時尼に会った。

時尼は、ひとりっきりで路地で石を蹴っていた。

「時尼……」

私は呼びかけた。時尼は、人見知りするでもなく、私に黙って笑いかけた。

これが、時尼に会える最後の機会のはずだ。時尼の日記にそう記してあった。会うのは二回目……と。

遡時人の時尼は、それから、一九四六年までの人生のスタート地点にいるというのに。

私は、時尼の顔をみつめた。記憶に焼きつけるために。まだ、無垢の時尼を……。

そして時尼の指を見た。白く小さな手に指輪は、まだはめられていなかった。

今が……やはり、そのときなのだ。

私は、自分の指から、それをはずし、時尼の手に握らせた。他に私のなすべきことは……。

「これから……おじさんとは何度も会うことになるんだよ。いい人生を送りなさい」

そう告げることが、私にできる精一杯だった。

笑顔の時尼が、涙でよく見えなかった。

かくて、完璧に時の環は、閉じられた……。

さようなら、〝そときびと〟時尼……。

江里の〝時〟の時

古いつくりのバーのカウンターで、私は黒沢《くろさわ》が来るのを待っていた。

黒沢均《ひとし》とは、もう数年間、顔をあわせていない。高校時代の友人なのだが、彼は理系に進んだという記憶があった。その後、再会したときに、大学の研究室にいて講師をやっていると聞いたが、何が専門なのかは知りもしないし、訊ねもしなかった。

彼は物事に没頭するタイプの男だ。自分の興味が生じたら、時間さえ忘れてその興味の対象だけを探究し続ける。高校の夏休みだったか、自分で思いついたプログラムを組むのに、四日間、部屋にこもって徹夜していたのを知っている。高校の寮では、黒沢は私と同じ部屋だったからだ。彼には、両親がいなかったし、身寄りといえば、遠く離れた親戚がいるということを聞いたことがあるくらいか。だから、その頃の彼には陰がある奴だという印象がある。

彼は、相談相手もなく、自分の進路を、すべて一人で決めていた。友人もあまりいなかったと思う。ただ、どうしても最終的に迷ったときに、黒沢は私に相談した。

いや、相談というものではない。すでに、黒沢はいつも自分の裡《うち》で結論を出していた。

――というふうにしたいと思うけど、どう思う？

そんな質問だ。いくつか気になる点を私が訊ねかえしても、黒沢は、すでに答を用意していて、得意そうにその理由を語った。だから、黒沢が私に〝相談〟をもちかけても、彼が私に求めていたのは同意でしかなかったのだ。

まだ、彼は独身のはずだ。黒沢のイメージからすれば、そう考えるのが、一番、自然だ。なりふりはかまわないし、女っ気というものは、まったく気配もなかった。たぶん、現在もそう変っていないはずだ。

ここの待ちあわせも、黒沢の突然の呼び出しによるものだ。

どこか、落着いた静かな場所で話したいことがある。彼はそう言っていた。

相談ごとか？

まぁ、そうだな……曖昧な口調だった。

金銭的なことか？　失礼とは思ったが、単刀直入にそう尋ねた。

いや、そんなもんじゃない。とにかく会って話を聞いてくれ。黒沢はそう言った。

結果的に、私は行きつけのこの古びたバーを約束の場所に指定した。ここなら、二人で静かに話をすることができる……。

私が二杯目のバーボンを注文したとき、黒沢均が店内に入ってきた。

「久しぶりだなぁ。忙しいときにすまん」

黒沢は、すぐに私に気がつき、白い歯を見せて近付いてきた。前に会ったときから、その印象は、大きく変化していることはなかった。黒のタートルネックにグレイのブレザーを羽織り、長い髪をときおりかきあげる。頬骨と顎が張って痩せているので、全体的に鋭角的なイメージがある。傍目から見れば、ネクタイにスーツの私とは畑ちがいの人種に映ったはずだ。

そんな二人が、隣同士カウンターについた。

黒沢は、もう一度「すまんな」と言って、遠いところへ視線を移し、首をコキ・コキッと鳴らせた。

「元気そうだな」とりあえず私は、そう言った。黒沢はビールを注文し、運ばれて来たコップに注いだ。私が乾杯のためにコップを持ちあげようとしたときは、すでに、黒沢は、一息でビールを飲み干していた。空のコップにあらためてビールを注ぐ。今度は一息に飲むことはせず、左手の中指で軽くリズミカルにカウンターを叩いていた。

「何だよ。話って」

「あ……。ああ。どうやったらうまく説明できるか。ちょっと考えてる。頭の中を整理してる」そして、髪をかきあげた。

私はバーボンを飲み、そのまま数分が経過した。それから、黒沢は大きくうなずき、話し始めた。

「タイムマシンという呼びかたが、一番わかりやすいかもしれないな」黒沢均はまず、ボソッとそう言った。

「タイムマシン？アニメとかSFに出てくる過去や未来に行く乗りものか」

「ああ。乗りものというイメージじゃないけどな。過去へ行く装置。そんなものだ」

「それを、黒沢、作ったってのか？」

「ああ、作った」こともなげに言った。私には信じられるはずがない。

私は、その答に驚きもせず、しばらく押し黙った。それが、黒沢には不満だったらしい。

「馬鹿馬鹿しいと思っているな」

「ああ、思っている。そんな理論的にも不可能なことを」

「不可能じゃない。理論的にならすぐに説明できるさ」

別に、理論的なものを聞く興味は私には、なかった。だが、それは、黒沢にとっては、重要なことだったらしい。

「ぼくは、タイムマシンを発明しようなどと思ったことは一度もない。ただ理論上の仮説を重ねていくうちにたどりついたのが、タイムマシンだったということさ。

最初のぼくの研究はワームホールの固定化に関するものだった。ワームホールというのは時間と空間のはざかいに生じる泡のようなものだ。そのくっつきあった泡の片面を超速度で移動させると、一つの入口は現在、もう一つの入口は過去につながった状態になる。このワームホール内を行き来することによって過去と現在を行き来することができるようになる。それで、問題だったのは、ミクロ的存在だったワームホールを巨大化すること、それから、そのワームホールが消滅しないように固定化するという二点だった。つい数カ月前にぼくは、その課題をクリヤすることができた。一つはぼくのアイデアではない。ワームホールの固定化のためのマイナス・エネルギーを発生させる装置が必要だったのだけれどね。たまたま開発されていることを知った。近くの研究室の奴から教えてもらってね」

私は思わず眉をしかめていたにちがいない。私の常識では〝マイナスのエネルギー〟なるものが存在するとは思えなかったからだ。あるとすれば、それは〝とんでも〟の分野に属すると信じていた。それを黒沢は、理解不能状態に私が陥ったと理解したらしい。

「これでも、できるだけ、わかりやすく話したつもりだけれどもな。

まぁ、理論的には、どうだということまで理解してもらわなくてもかまわない。要は、そのような原理によってぼくが、過去へ行く装置にたどりついたという事実を受けいれてくれればいいんだ」

私は言った。「黒沢がホラを吹く人間じゃないということは、よくわかっているよ。それがどんなに俺の理解範囲を超えていてもね」

　黒沢均は、満足気にうなずいた。

「ありがとう。ぼくが聞いてもらいたかった話というのは、そんなことじゃないんだ。今迄の話は、あくまで前提にすぎない。

　一つの選択の話だ。どちらを取るかという話さ」

　こればかりは、判断がつかないというように黒沢は左手の拳を自分の額に軽く何度も押しあてた。

「わからないな。そのいきさつが見えないよ」

　私が、そう答えると、黒沢は、唇を尖らせて、大きくうなずき、「まぁ、聞いてくれ」と言って、その〝いきさつ〟を話し始めた。

　――そう、その装置、タイムマシンというふうに言ったんだが、WH《ワームホール》固定装置というのが、正式にぼくが付けた名前だ。タイムマシンと言えば、未来だろうが過去だろうが自由に往復できるイメージがあるが、この装置は、そこまで便利なものじゃない。まず、未来へは行けない。過去も限定されている。ワームホールがつながった過去にしか戻れないんだ。時空の境にある泡とワームホールを説明したけど、その虫喰い穴の泡はいくつかの時代に通じるように、接着しあっている。その接着した時代を自由に選択することはできない。必ず、片面はＷＨ固定装置がある現在。そして、もう片面は、運を天にまかせた過去の時代なんだ。

この装置が完成した後、ぼくはためらいもなく過去への旅行を試してみることにした。

よく、そんなに思いきれるなって？

ああ、ぼくには守るものがなかったからな。この世界に執着するものは何もなかったんだ。

その時点まではね。

だから、過去世界への旅行という人間が試みたことのないイベントへの興味と好奇心が優先したんだ。

それが、つい先日のことだ。

ぼくは、胸をときめかせて、ＷＨ固定装置を動かした。

そんなに巨大な装置じゃない。黒くグロテスクな装置の真ん中にドアが付いていると思えばいい。ただ作動させているときは、黒い機械群の隙間を虹色の光が走っていると思えば、より正確に想像してもらえるはずだ。

作動させた装置のドアを開いたときに、少しだけ怖ぞ気を感じたが、それは本能的な恐怖だったと思う。だが、すぐにその恐怖心は好奇心にとって代わられた。

ドアの中の空間は、輝く液体金属のように見えた。

ぼくは、ポラロイドカメラをポケットに突っこみ、ドアの正面に立った。まず、ゆっくりと右手を差し入れた。

何か異常があったら、すぐに手を引っ込められるように。うん。ドアの向こう側が、大真空の宇宙空間だという可能性もあるわけだし。

不快感はなかった。ぼくは思いきって大きくドアの中へ踏み出した。

ワームホールの中へ。

入るときに全身が、ぴりぴりする感じがあったが、入りこんでしまうと、すぐにその感覚はおさまった。

まるででっかいシャボン玉の中にいるような感じだ。

そのむこうに揺れながら、のべつ光量を変えている部分が見える。近付くと、屈折率のおかしなガラスの前に立っているような気がした。むこうに見えていたのは、別の時代の世界だったのだ。

ぼくは、水面を抜けるような気持ちで、またしても〝時間の膜〟の中へ入っていった。

そこは、大宇宙の闇でも、海底でもなかった。

密林の中だった。

いつの時代かは、正確にはわからない。ただ巨木とシダ類、樹々に絡みついた蔓、そして名前もわからない小さな花を咲かせた草たち。そんなものだ。

無数の虫たちが舞う音もしたな。

ぼくは、その世界に立って、もう一度、ぼくが出てきたワームホールを確認した。当然だろう。その穴がなくなってしまえば、ぼくは現在へ帰ってこれないことになるわけだから。

穴は、ちゃんと、その場にあったよ。銀色の球のような形で、宙空に浮かんでいた。不思議な光景だった。まるで、マグリットの絵にでもあるような光景に見えたな。

ぼくは、あたりを歩きまわった。できるだけ〝時間の膜〟から離れないように。とにかく、そのときのぼくは、自分がたどりついた世界の正確な時代を知りたかった。WH固定装置が、どれほどの過去にたどりついたかということを。

ぼくは、時代を知ることなど、もっと簡単なことだと思っていた。その時代の人間の服装や会話などでね。ところが、このような密林で、人間の痕跡がないとなると、まったくお手上げだ。あたりを見回しても、いつの時代も、こんな風景は、存在していたのではないかと思えてくる。ひょっとしたら、この密林というか原生林を抜けたら、都会があるかもしれない。あるいは村落があるかもしれない。ひょっとしたら、まだ、人間が誕生していない時代かもしれないってね。平均的な人間の時代をはかる尺度というのは、それほどあてにならないものだということをぼくは実感したよ。それぞれに、人間というものは得意な分野、不得手な分野というものがある。ぼくはワームホールに関しては、ある程度の知識があるんだが、樹木一本の名前さえよくわからない。こういうとき、恐竜が出現するとか、侍姿の男が出現する以外であれば、博物学に詳しい人のほうが時間旅行には適しているのではないかと思ったなぁ。

ただ、密生した樹木の間をすり抜けながら、直感的に、かなり昔の時代へ行ってるんだなとはわかったたな。今の場所に研究室が建ってから三十年は経過している。数百年は、そこは人間が住み続けている場所のはずだしな。

けっこう注意は、はらっていた。あたりの環境を変えないようにということをね。いや、別に環境問題に関して、どうこうということじゃない。タイムパラドックスに関しての予備知識はあったからだ。

過去の歴史改変さ。未来からの訪問者が、過去の歴史を変えてしまったら、未来そのもののありようが変ってしまう。そんなことは望むことではなかったし。

ああ、興味がないことはない。もし、行ける過去を自由に選択できるというのであればタイムパラドックスの実験をやってみようと考えたかもしれないな。たとえば、ぼくは、両親を幼い頃に飛行機事故でなくしている。その時代に戻るとすれば、ぼくは間違いなく、両親が、その事故機に乗らないように手を尽くしていたと思うんだ。そうすれば、少くとも、ぼくの今の人生は変っているはずだと思うしな。

だが、そのときのぼくはちがう。何時の時代かもわからない過去世界にいたんだ。とりあえず、自分が、たどりついた時代だけを確認して、現在に帰りつければそれで良かった。

しばらく歩くと丈の高い草のはえた草原に出た。

その草原で、この生きものを見た。ロ先が巨大なヘラになった体長七、八メートルの象とも河馬ともサイともつかない生きものだ。口許から二本の牙がでて、褐色の短毛に全身覆われている。巨大な哺乳類だ。

ぼくは、あわててカメラを取り出して、それを写した。

この写真だ。

マストドンの想像図に似てるって？　親子でいたんだな、そのとき。いつの時代なんだ。一万年以上前か……。

現在、絶滅しているんだろう。ぼくも、生まれて初めて見たんだからな。そうか、マストドンか。こいつが、フラッシュに驚いて吠えたんだ。それからぼくにむかって走ってきた。すごいスピードだ。ぼくは、あわてて、密林の中へ飛びこんで無我夢中で走った。樹々で身体をひっかけ擦り傷を作りながら。その途中でも、巨木によりかかった六メートルもあるナマケモノを見たりしたよ。ところが、例のワームホールが見つからない。ほとんど、パニックを起しかけてぼくはあたりを走りまわった。突然、眼の前に拳ほどの大きさの蚊が現れて、肩にとまったときは、悲鳴をあげてしまった。思わず手にしていたカメラを取り落しそうになったほどだ。

しばらくして、ワームホールの場所までたどりついたのだけれど、足がよろけ、三十センチほどの岩を蹴ってしまった。

もう、それ以上、その時代にとどまりたくなかった。〝時間の膜〟の中へとびこんだ。

そして、現在へ帰ってきた……つもりだった。

自分の研究室だと思ったのだが、微妙にちがっていた。WH固定装置は、そのままだが、妙に室内が、整頓されていた。そして、ぼくの研究机には花があった。ぼくの陰気で寂莫とした研究室には縁がないものだ。そして横にノートが置かれていた。

そこには、名前が書かれていた。

茅見江里《かやみえり》、と。

これは、ぼくの研究室じゃない。WH固定装置があるものの、ぼくの研究室に似ているものの、ぼくがいた現在とは、ちがう現在なのだ。

黒板に、数式がならんでいた。それはすぐにわかった。ぼくが、固定装置で実践している数式そのものなのだから。

新聞が、ソファの上に置かれている。

——連鎖融合現象拡大。ロムッシュ共和国、壊滅/来週には、ベリリ王制国も。避難民はガス沙漠へ。

——AC諸国、株式市場閉鎖。

ぼくは、呆れた。いったい、この世界は何なのだ。これは、ぼくが、もと居たはずの、〝現在〟の世界とはちがう。変ってしまっている。

ぼくは、もっと詳しく新聞を読もうと手を伸ばした。だが、手にとることはできなかった。ぼくは、この世界の物質と隔てられている。室内に入ったと思ったのだが、〝時間の膜〟は伸びてはいるものの、ぼくを外へ解放しているわけではなかったのだ。皮一枚の薄さで、ぼくは、まだワームホールの中なのだ。

何故かという理由は、すぐに思いあたった。WH固定装置で、過去へ行き、過去の世界で本来、起こるべきでないできごとを起こしてしまった結果なのだ。思いあたるだけで、岩を蹴飛ばしている。あの岩には、どんな意味があったのか？　歴史が変ってしまった。その原因だろうか。

まさかって？　考えてもみてくれ。あの岩の下にあった虫たちの卵の可能性を。その虫たちも、何万という卵を産む予定だったら。その卵たちがかえって、トカゲや蛙たちの餌とならなければいけなかったかもしれない。その餌がない蛙やトカゲが飢えて死んでいたとしたら、それを餌とする、もっと巨大な獣たちは、行動を変えたはずだ。ある種は亡び、ある動物たちは本来なるべき交配の相手を変えてしまったはずだ。そして、そう一万年前と言ったよな。その変化の積み重ねが、歴史を変えてしまった。その歴史の結果、ぼくが生まれていない世界になり、WH固定装置は、ぼくじゃない、誰かが作りあげた世界があるということなんだ。それは誰なんだ。

そのとき、ぼくの研究室に、彼女が入ってきた。

数冊の本を手にして、白衣を着た彼女を見たとき、ぼくは衝撃を受けた。

何の衝撃かって？　どう説明しても、理解して貰えないだろうな。

ぼくは、これまで、女性に興味を持ったことなど、一度もなかった。煩わしいだけのことだと思っていた。そのとき、自分の心の中で起ったのは、ぼく自身にもわからない感情だ。自分で制御できない何かだ。

一目見て、ぼくには、彼女が必要だとわかった。彼女と一緒にいたいと思った。話したいと思った。

笑うなよ。絶対笑うな。真剣に言ってるんだから。まったく、聖なる体験というやつだと思う。自分の思考を越えてしまった感情が生まれたんだからな。恋をしたとか一目惚れとか陳腐な表現で呼びたくはないけど、それが現実だ。

彼女は、本来長い黒髪を後ろで禁欲的に束ねていた。それでも切れ長の大きな瞳と、鼻筋の通った顔だちは、知性を伴った美しさを放っていた。それに、ぼくと共鳴してしまうある種の陰があった。

胸に刺繍《ししゅう》があった。茅見――と。

彼女が、この研究室の主人であり、ＷＨ固定装置をこの世界で作りあげた、その人にちがいなかった。

そう、茅見江里なる女性は、ぼくが存在していた元の現在世界では、生まれてこなかった存在しない女性のはずだ。パラドックスが生じた故にこの世に出現した女性なのだ。

そんな女性に恋してしまった。

ぼくは、その皮肉さを笑うに笑えなかった。もとの世界で、一人も興味が持てる女性に巡りあえなかったというのに、タイムパラドックスの結果、そんな女性を知ることになろうとは。

新聞の記事を見ても、もとの世界とは、かなりちがっていることがわかる。だが、WH固定装置の一端が、ここに存在する。それも同じような原理、同じような構造で。何故、様々な状況が変っても、ここにWH固定装置だけは存在するというのか。

そのとき、浮かんだのは、自然は矛盾のないできごとを選択する性質がある……ということだ。

ぼくは、過去を少し変えたかもしれないが、事実として、ワームホールの〝時間の膜〟はあの場所にあった。そして、その〝時間の膜〟がつながっている現在のWH固定装置の存在も変えることができなかった。

とすれば、固定装置の存在という事実だけは絶対的条件として残しつつ歴史を変えてしまうことが必要となる。そして、どうしてもぼくが存在しない〝現在〟で固定装置が存在する事実が要求されたために、茅見江里が、生み出されたのではないかということだ。

茅見江里は、ぼくの存在には、まったく気がついていないようだった。

そのとき、ぼくには、選択の道が一つしかなかった。

もう一度、過去へ戻って岩を元の位置へ戻すこと。そうすれば、あの岩の移動によって永の年月に生じる生態系の変化は最小限に止められるはずだ。ぼくがWH固定装置を発明したぼくの存在する現在へ帰ることができる。

だが〝現在〟が矛盾なくぼくを受入れるとき、その〝現在〟には彼女は存在しないのだ。

ぼくは、彼女に何とかぼくの存在を知らせる方法がないものかと、頭を巡らせた。

しかし、方法が思いつくはずもなかった。もし、連絡できたとしても、同じ〝現在〟で彼女と同時に存在することはできないのだ。

茅見江里は、ぼくに背を向けて、机に向かっていた。

ぼくは、自分に言いきかせたんだ。ここでこのまま彼女に憧れていても仕方のないことだとね。未練を振りきって、ぼくは、もう一度、過去への出口へ向かった。

あの小岩の下を見ると、びっしりと、白い卵のようなものがあった。ぼくの想像は当っていたのだ。この卵たちが、生存できなくて未来が変るはずだったのだ。

ぼくは、小岩をそっと元の位置に戻し、〝時間の膜〟へ再び戻った。

そして、現在へ帰りついた。

いや、まだ、話が終ったわけじゃない。まだ枕にすぎないよ。

現在は、見なれた世界だった。ぼくの研究室は花も飾ってなく乱雑なままだし、机の上に置かれたノートに書かれた名前も黒沢均になっていた。

パラドックスが修正された〝現在〟に戻っていた。何となく気が抜けた気持ちで数日が経過したんだ。

そして、日常の生活を取り戻そうとしたぼくに何が起ったと思う。

パラドックスは修正されたが、ぼくの心まで修正されたわけではないんだ。

ぼくの心には、もう一つの〝現在〟で見た研究室の茅見江里のおもかげが焼きついてしまっていたのさ。だが、現実の〝現在〟には彼女は存在しない。

研究室のドアに目がいくと、そこから入ってきたときの江里が見えたような気がした。WH固定装置の前に立って部屋を見回すと、机についた江里のイメージがよぎった。

そのおもいが徐々に消えてしまえばいい。そう願ったが、結果は逆だった。振りはらおうとすればするほど記憶の中で彼女の姿が蘇ってくる。

もう一度だけでいい。そう願うようになった。一目だけでも会いたい。

熱病の一種だと思ってかまわない。だが、すべてのものの価値を優先順位で決めるとすれば、そのトップに来るのは、彼女のことになってしまった。

もう一度、タイムパラドックスを起そう。もう一目だけ、彼女を見たい。そしたら江里のことは忘れるんだ。

もちろん自分の中で、もう一人の自分が、そんなことやってどうするんだ。茅見江里と黒沢均は同じ〝時〟に共存できることはないんだ。虚しい行為だぞ。そう叫んでいるのもわかっていた。

だが、ぼくの内部から湧きあがる衝動は抑えることができなかった。

再び、ぼくはWH固定装置で一万年前の過去へむかった。そして、岩をおこして。

これが最後だ。そう、ぼくは自分に言いきかせながら。

江里は、研究室にいた。

ぼくは自分の胸がせつなさで締めつけられそうになるのがわかった。

だが、彼女は、ぼくの存在さえ知るはずがないのだ。江里は今日は髪を束ねていなかった。寂し気に、ぼくの方を……いや、研究室にあるWH固定装置を見ているはずだった。

ぼくも、心の中に江里の表情を焼きつけようと彼女を見つめた。彼女はいったいこの世界でどのような生まれ方をし、育ったのか。彼女は、どんな声で、どんな話をするのだろう。

どうして、こんな研究をやり始めたのか。そんな疑問が、とめどもなく湧いてくるのだ。

そして、この世界が、どんな世界なのか。

だが……。ふとした思いがよぎった。もし、現実に彼女と会ったとして、ぼくは彼女に何を話せるのか。何も伝えられないのではないか。彼女の方こそ、ぼくなんか歯牙にもかけないだろうな……という思い。

彼女は、ぼくの方を見つめ、そして机に目を戻した。そして遠くを見るように顔をあげ、そしてノートに顔を落とし、鉛筆を走らせた。

彼女は、何かを書いていた。何を書いていたのかぼくには、そのときはわからなかった。

これ以上、この場にいても詮ないことだと思った。何か彼女に自分の気持ちを伝える方法があればともかく。

ぼくは大きく溜息をついた。そんなことは奇跡を待つようなものだ。だが、どんな奇跡が起りえるというのだ。もう十分に、虚しさを感じたはずじゃないのか。もとの〝現在〟へ帰ろう。そう言いきかせた。ぼく自身に。

だが、そのとき、奇跡が起ったんだ。

茅見江里は、書きものをしていた手を止めた。そして、そのノートを持ちあげた。

ぼくは叫びそうになった。

彼女は絵を描いていたのだということがわかった。

それは、人物画だった。若い男性の顔だった。彼女は、自分の記憶を頼りに男の顔を描こうとしていたのさ。それは、誰の顔か、すぐにわかった。彼女の描写力は素晴らしかった。ぼくの顔だと、一目でわかったからだ。

彼女は、ぼくの肖像画をノートから破り、壁に貼りつけた。それから、鉛筆で、右隅に書き添えた。

MR・黒沢均、と。そしてBY・ERI。

ぼくは叫び出しそうになった。何故なんだ。何故、彼女がぼくの存在を知っているんだ。知っているだけじゃない。何故、ぼくの肖像画を描かなければならないのだ。

思いあたることは、一つしかなかった。茅見江里は、何故かぼくの存在を知った。それは事実だ。そしてぼくは彼女に強い印象を与えた。だからこそ、彼女はぼくの絵を描いたのだ。

ひょっとして……、彼女も、彼女が作りあげたWH固定装置で、過去へ行ったのではないのか。そして彼女も過去を改変してしまう行為を犯して、ぼくの〝現在〟にたどりついてしまったのではないか。

そして、そこで、彼女は研究室のぼくを見た……。

彼女もぼくのいる〝時〟では受け容れられずに、彼女の〝時〟に帰るしかできなかったのではないのか。

そのとき、ぼくの頭に閃いたことがある。これで、江里と意思を伝えあうことができる。

ぼくは、そのアイデアに感動し、胸をはずませて踵を返した。

岩を元に戻し、ぼくの〝時〟に帰ると、研究室の隅にあった黒板をWH固定装置の前まで転がし、数式の行列を消し去った。

それから、彼女に伝える言葉を考えたんだ。

伝えたいことは色々ある。しかし、何から書けばいいものか。

ぼくは、まず黒板の左隅に大きく、彼女の名前を書いた。

茅見江里さんへ
そして。黒沢　均より
一瞬、ぼくも、彼女のように、江里の肖像画を描いてみようかという誘惑にかられたが、それは諦めた。ぼくには、そんな絵心は備わっていない。それよりも、彼女にぼくの気持ちをどう伝えるかだ。

――とても、うまく書けないけど、江里さんのいる〝時〟で、あなたの姿を見ました。そして、江里さんと話したいという欲求が抑えられません。ぼくは、こちらの〝時〟でWH固定装置を作ったのですが、今、初めてぼくが、なぜこの固定装置を作らねばならなかったかがわかる気がします。この装置は、異った〝時〟に隔てられたあなたに出会うために作らねばならなかった装置なのです。

ぼくは、江里さんが、このメッセージを必ず読んでくれると信じて記します。ぼくの気持をわかってください。ぼくには、江里さんが必要です。

そしてもっと江里さんのことを知りたいと思います。

しばらく経ったら、また江里さんの〝時〟へ行くつもりでいます。そのときに、お返事を頂けたらと思います。

そこで、黒板は、いっぱいになってしまった。ぼくは、椅子に座り、WH固定装置を凝視し続けた。何か、江里がこの部屋にきた変化があるはずだ。

しかし、何も変った反応はなかった。だが確信はあった。彼女がもう一回、ぼくの〝時〟を訪れてくれるはずだと。ぼくにしても、もう一度、一刻も早く彼女の〝時〟を訪ねたかったのだから。

ぼくは、一時間ほど経って、WH固定装置に入ろうと両手を差し出した。

だが入れなかった。弾かれたのだ。二、三度、試みたが結果は同じだった。あわてて、計器類を点検してみたが、計器類は正常に作動している。

その後、〝時間の膜〟の中へ入ったのだがそのときは、何の抵抗もなく入れたのだ。

ひょっとして。

そうぼくは思った。ひょっとして、今まで茅見江里が、〝時間の膜〟の中にいたのではないかという考えだ。

過去での岩の操作をやりながら、思ったことがある。

ぼくと江里は、どちらが本来の存在だろうかという疑問だ。

ぼくは、……生まれ成長し、研究を続け、そして過去に遡り、歴史を変え、そしてその結果、江里が存在する〝時〟を作り出してしまった……と考えている。

　でも、実は、江里が生まれて成長した世界の方が、本当の歴史だったのではなかろうか。一万年前に、ぼくより先に行って、歴史を変えるできごとを犯して、ぼくが存在する歴史を生み出してしまったのではないか。

　いや、こうなったら、どちらが本物で、どちらが架空の歴史だなどという区別はつかないだろうと自分に言い聞かせた。

　大事なことは、ぼくと江里が、おたがいの存在を知ってしまったことだ。

　江里の〝時〟にたどりついた時、ここではWH固定装置の前に、オーバーヘッドプロジェクターと、ワープロを組み合わせた装置が持ち出されていた。

　江里は、ぼくの方を向いて、必死にキィボードを叩いていた。次々に字が生まれていく。たぶん、たった今、ぼくの黒板メッセージを読んだばかりだとわかった。その証拠に、彼女の靴には、一万年前の土が残っていたからだ。彼女の言葉が壁に映し出された。

――黒沢　均さま
　すごく嬉しい。私はいま、すごく感動しています。今、こちらへ帰ってきたところですけれど、どんなにか私が驚いたかわかりますか？（）　まず、信じられません。

　私、装置で、そちらへ迷いこんでしまったとき、どうしていいかわからず、絶望的な気持でした。外にも出ることができないし。

　そのとき、黒沢さんにお会いしているんです。でも、黒沢さんは、まったく私のことに気がつかなかった。

その黒沢さんが、私の〝時〟に来ていたなんて、私もまったく気がつかなかった。

私も、黒沢さんのことが頭から離れません。今まで、研究に没頭してきましたが、こんな気持になったのは初めてのことです。

さっき、黒板を見ました。黒沢さんの字って可愛いんですね。（笑）私の気持も黒沢さんとまったく同じです。

黒沢さんを知ることができて、すごく感謝しています。もうすぐ、この地球全体が、AC地区の連鎖融合現象によって消滅してしまうはずです。そのときは、私もいなくなってしまうはずです。でも、その前に、このような幸福な気持もあるのだということを教えてくれた黒沢さんに感謝したいんです。

たぶん、同じ場所、同じ時代で黒沢さんとお話することは不可能だと思います。でも、こんな幸福を与えて下さってありがとうございます。

実は、さっき、黒沢さんの〝時〟で、私、ワームホールの中にいたんです。だから、黒沢さんは装置の中に入れなかったでしょう。でも、私、素晴らしい体験をしました。私、黒沢さんが伸ばした掌に触れることができました。黒沢さんには、わからなかったかもしれませんが、私、黒沢さんの暖い手の感触、今も残っています。

また、黒沢さんの〝時〟へうかがいます。もう、こちらの〝時〟に残された時間はあまりないと思いますので。
会えるだけ、黒沢さんに会いたい。可能な限り
茅見江里――

江里は、立ち上って私の方へ歩いてきた。そして、両手を私の方へ差し出した。ぼくも思わず、手を彼女の手にあてた。そのとき、初めて、ぼくは江里の感触がわかったんだ。柔かな、しっとりした感触が伝わってきた。

だが、彼女はワームホールの中へ入ってくることができずにいた。

江里の唇が動くのがわかった。声は聞こえないさ。でも、はっきりとその動きはわかった。

「そこに……いるのね」

彼女の目からみるみる涙が溢れてくるのがぼくには、わかった。

ぼくは、必死で唇を読み続けた。「ア……イ……タ……イ」「ハ……ナ……シ……タ……イ」

ぼくは、自分でも涙を流していることに気付いた。

それから、ぼくたちは憑かれたかのように、まどろこしい通信をくり返すようになったんだ。

ぼくは黒板になぐり書きする。江里は、キィボードを叩き続ける。そんなやりとり。

生いたちから、趣味、それに、物事に対しての価値観まで、ぼくと江里は驚くほど似ていることもわかったんだ。まるで、鏡像上の双生児《ミラーツイン》と言ってもいいほどだった。江里が、あちらの〝時〟で、WH固定装置を作ったのは、当然のことだったと思う。

だが、どうしても同じ場所で会うことはできなかった。ひょっとしたらと思えることがあったから、試してみたんだ。

一万年前の世界で江里を待ち続けてみた。ひょっとして、そこへ彼女が立寄るとき会えるのではないかという発想だった。

だが、彼女は、現れなかった。彼女の〝時〟に行くと新たなメッセージに変ってはいたのだけれど、江里とは会えなかった。彼女が移動する過去とは、微妙に時差が生じているのかもしれないとは思ったのだけれど。

昔の、子供の頃読んだ童話を思いだしたよ。魔法をかけられた王子と、その恋人の話だ。二人は愛しあっていたんだが、魔法使いの怒りをかってしまったんだ。そして、二人は姿を変えられてしまう。王子は、日が昇ると鷹に変身する。恋人の姫君は日が沈むと豹に変身する。王子は日が沈むと人間に戻り、姫君は日が昇ると人間に戻る。つまり、二人は、絶対に人間同士の姿で会えることがない。

そんな童話だ。

ちょうど、ぼくと江里みたいなものだなと思ったんだ。

その王子と姫君がどうなったかって？

さあ、うろ憶えだけれど、ハッピーエンドだったと思う。愛が奇蹟を起した。二人は人間に戻った。そんな結末だったんじゃないかな。

とにかく、江里は時間が残されていなかった。最初、あまり気にも止めていなかったけれど、実は、彼女は大変な状況に置かれているということがわかったんだ。

彼女のいる〝時〟は、こちらと細部まで、凄く似ている。世界そのものがそうだ。

ただ、微妙なところが違っている。たとえば、こちらの〝時〟ではぼくがいるけど、あちらの〝時〟では江里がいる。そんなふうにね。

だが、根本的に違っていることがあるのもわかった。

江里のいる世界は、終末を迎えようとしているんだ。

何度かメッセージを交わしあっていてわかった。彼女が書いていた「連鎖融合現象」がそうだった。

江里の世界でも、新エネルギー源の開発が行われていた。そこで開発されたのが安価でクリーンで継続的にエネルギーを取り出す手法だったらしい。理論的な完成は見ていたらしいが、こちらの欧州にあたるAC諸国の某国が「融合炉」を実現させたらしい。

仮働段階では何も問題はなかったそうだ。次世紀のエネルギー誕生ということで世界的にも熱狂的に迎えられたらしい。核燃料を必要としない、安定した性質の物質だろうが、何でも原子核レベルで核連鎖反応を引き起してエネルギーを取り出すというんだから。処理に困っていた廃棄物も使えてしまうという触れこみだった。

ところが、本稼働に入ってから、「融合炉」は暴走を起し始めた。数時間で、融合炉は消滅し、「連鎖融合」と名付けられた現象だけが残り、拡大し始めたのだそうだ。この現象は、まったく制御どころか止める方法さえ存在しないらしい。地上のすべての物質を呑みこんで広がり続けているらしい。

連鎖融合現象が、どの時点で江里にも及んでしまうことになるのか、かなり正確に予測はできている。そして、あまり時間は残されていない。

今夜の十一時十五分。

それが、江里のいる世界の終末時間なんだ。

それこそが、選択の問題だ。

選択というより、ぼくの性格はわかっているはずだ。結論は、ぼくなりに決めているんだ。

今夜、ぼくは江里を救う。だが、いくつか手伝って貰わなくちゃならないことがある。それを頼みたい。他に頼める奴をぼくは知らないんだ。

頼みたいことというのは、こうだ。

ぼくは装置を使って、彼女の〝時〟へ行く。そのときが来たら、ぼくの代わりに、江里が、こちらへ来ることができる。彼女が、こちらへ来たら、安全を確認してすぐにWH固定装置を破壊して貰いたい。

何を不思議そうな顔をしているんだ。江里を、この〝時〟へ救い出すということか。

ああ、実は、さっきの童話じゃないけど、ぼくも一度、江里と〝時間の膜〟越しに触れあったときに奇蹟を体験しているんだ。

〝時間の膜〟から彼女の指に触れたときさ。彼女の唇が、ぼくに会いたい、と動いたとき。ぼくは、念じた。

江里の〝時〟に行きたい。江里と、ともにいたい。強く念じた。そんなことは実現するはずもない。わかってはいたけれど、念じずにはいられなかった。

ある瞬間だけ、それが実現した。

そのとき、思いが、頂点に達するまで激しく念じたのだと思う。ワームホール内のぼくと、彼女の〝時〟にいる江里が一瞬、反転したんだ。

ぼくは、彼女の〝時〟にいた。江里の研究室にいた。だが、江里の姿はそこにはなかった。

何故、そんなことが起ったかはわからない。ぼくと江里がミラーツインの存在だったかからこそ起りえたのかもしれない。しかし、気のせいなどでないことは確かだ。

次の瞬間、再びぼくはワームホールの中にいた。戻っていたんだ。

この現象がなかったら、こんなことは考えなかったかもしれない。

彼女を救い出したら、ぼくは代わりに彼女の〝時〟で犠牲になってかまわない。そのくらいの覚悟はあるし、彼女には助かってもらいたいんだ。

頼みたいのは、それからの江里の面倒をみてもらいたいということ。次に、WH固定装置の破壊だ。時間旅行なぞ、人間には必要ないものだ。その証拠に、我々の周囲には、未来からの旅行者なぞ見あたらないだろう。たぶん、ぼくのWH固定装置なぞ、科学史の中では徒花《あだばな》のようなものだったと思うんだ。主人を失った装置には、その存在価値もないわけだし――。

黒沢均は、そこで残りのビールを一気に飲み干し、私の反応を待っていた。腕時計を見ると、すでに午後九時半を回っていた。もう、あまり時間は残されていない。

黒沢は、計算していたのだ。私が断わることはないと。

「頼む」と、もう一度言った。黒沢は今、一生のうちで一番愛したと信じた人のために、命を投げうとうとしている。その切腹の介錯人に私を指名しているようなものだ。ただ、その純粋さと一途さに私はうたれた。WH固定装置も、連鎖融合現象も、〝時〟の反転も、私にとっては、別世界のできごとのようにしか聞こえない。しかし、黒沢が信じることを貫くための手伝いであれば、やるべきなのかもしれないと考えた。

返事をすると、黒沢は私の手を握り感謝の言葉を連ねた。瞳に涙さえ浮かべて。

黒沢の研究室は、予想どおり乱雑を極め、無秩序を具象化したような光景だった。彼の話が真実である証拠に、部屋の中央に、彼のいうWH固定装置が鎮座していた。彼の話どおりの外観だった。そして、その前に黒板。――江里さんの〝時〟の終末には、必ず救いに行く。ぼくを信じて装置の前にいて下さい。――そう記されている。黒沢は、それを実行するつもりなのだ。自分の命と引きかえに。

「今、十一時をまわったところだ。これから中に入る。十一時十五分に江里とぼくは彼女の〝時〟で反転する。十一時半までに、江里はこちらに出てくるだろう。そうしたら、装置を破壊してくれ」

マイナス・エネルギーを発生させるという部品についた赤いボタンを指して言った。

「これを押せば、この装置は、ただのガラクタに化すはずだから」

「わかった」と答えると、黒沢は一度、私を抱きしめた。「持つべきものは友だな」

一度、私に手を振り、ためらうことなく、銀色の液体金属のような装置の入口へと飛び込んでいった。

その後、研究室には、静寂だけが残った。私は、腕時計を見ながら江里という女性の到着を待った。

十一時十五分。江里がいる〝時〟が終末を迎える時間だ。黒沢は首尾よく彼女を救い出せたのだろうか。

私は椅子に腰を下ろし、そんなことを考えた。
十一時半をまわり、長い長い時が過ぎ、時計は十二時を指そうとしていた。
あまりに遅すぎる。
黒沢は、失敗したのだろうか。私は、どうするべきなのか迷った。
このまま帰るわけにはいかない。WH固定装置を破壊するわけにもいかない。
十二時半をまわったとき、私は無謀な結論を得た。
自分の眼で、もうひとつの〝時〟を確認しようと思ったのだ。命には別状ないはずだ。
それから、結論をもっても遅くはない。
私は、恐怖心と闘いつつも、WH固定装置に足を踏みこんだ。
その装置の先は、黒沢が言っていた大いなる過去の密林だった。
そこで迷った。
黒沢は、ここで小さな岩を動かしたと言っていた。
だが、岩など、そのあたりに無数にあるのだ。彼が動かしたのが、どの岩だったのか。
選択に迷う暇はなかった。一番身近で覚えやすい岩を、やっとの思いで動かした。
だが、その岩が、黒沢均が動かした岩であるという自信は、まったくなかった。
そのまま〝時間の膜〟へ戻った。
そこが、江里のいる〝時〟である可能性を求めて。

もとの研究室が、そこにあった。だが、ちがうのは煌々と部屋が、輝いている。もとの研究室とはちがう。だが、江里がいた〝時〟でもない。その〝時〟は終末を迎えていない。人影が見えた。

若い女性が、キィボードを叩いていた。聡明な美しさを備えた女性だった。

彼女が江里であることはまちがいなかった。そのとき、信じられないものを見た。彼女はひとりではなかった。別の人物が部屋に入ってきた。

白衣を着た黒沢だった。

彼は二つのコーヒーカップを持って彼女に近付いていった。二人は、二言三言、話をして笑顔を浮かべた。

そんな明るい笑顔を浮かべた黒沢を見るのは私にとって初めてのことだった。先刻までの黒沢の服ともまったくちがうし、その髪形さえも、ちがっていた。

これは、連鎖融合とは縁のない〝時〟なのだ。黒沢が江里を救おうと飛びこんでいった〝時〟があるように、無数の〝時〟が存在する可能性があるのだ。

その中の一つに私はたどりついてしまった。この〝時〟では黒沢と江里は、共同研究者であり、恋人同士なのかもしれない。

そのような〝時〟も、また存在しえたのだ。

私が動かした岩はまちがっていたかもしれない。しかし、そんな未来も存在しうることを私に見せてくれた……。

そう、これでこの世界だけは完結されている。このような世界も許されるのだ。

私は、そのまま、その〝時〟を後にした。私は、私の〝現在〟へ戻るために。

時の果の色彩

遠い過去のできごとを思い出そうとすれば、私の場合、その情景は、何故かセピア色なのだ。古いアルバムに貼られた色褪せた写真たちのように。

これは、誰にでもあてはまることなのかどうかは、わからない。ただ私の場合が、そうだということなのだ。

ただ、よく理由がわからないが、思い出の中で一つだけセピア色ではなく、原色で思いだせる場面がある。

それが何故なのか、理由がわからない。

ひょっとして、記憶の中での錯覚現象の一つではないかと思っていた。

その場面、すべてが極彩色だったというわけではない。それは、七歳の頃。母が病院で息を引きとる寸前のことだ。そこで私は、言いようのない不安と、母を失ってしまうのではないかという恐怖の中にいる。

物心はついているが、さまざまな感情は、未分化のままだ。そんな不安定な心理の中にいた。やはり、記憶の中の場面はセピア色だ。

そのとき、私は、数瞬、原色の光を見ている。セピア色の病室の中で、その部屋の片隅が虹色に丸く輝くのが見える。

それが唯一の色彩のついた古い記憶だ。もう十数年も昔のことになる。

その色彩が、ずっと私の記憶の中で、謎として残っていた……。

エルム電子開発に入社して、四年になる。この会社に、何故入社したかというのは、私を成人まで面倒を見てくれた叔母のすすめによる。そう、思っていた。

その叔母は、私が社会に出るを同じくする頃、すでに鬼籍に入ってしまったのだが、エルム電子開発は、社歴が十年程度の若い企業だった。何故、経済オンチで世間にうとい叔母がすすめてくれたのかは、よくわからなかった。

だが、入社前に自分なりに企業を調べ、大企業ではないが、利益率の高い急成長産業であることを確認して試験を受けたのだ。叔母からのアドバイスも、この企業と私に縁があったということだろうと解釈して。

エルム電子開発は、特殊なチップを製造することによって独占的に利益を得て拡大してきた。これから、上場することも予測されているらしい。

入社試験のとき、初めてエルム電子開発の社長と会った。面接試験のときだった。社長の名は、神戸《かんべ》純也《じゅんや》。

質問は、ほとんど総務部人事課の担当者が発し、社長は、吸い込むような瞳で私を凝視していたと思う。その若さに私はまず驚いていた。

様々な質問に答える私を見据えながら、ときおり、うなずいた。面接時間の終りが近付いたとき、初めて、社長は私に質問を発した。人を吸いこむような瞳で。

「保利《ほり》政樹《まさき》くん。……弊社は、特殊な商品を扱っているし、社会的にもまだ認知度の低い企業です。そんな弊社の名を初めて聞いたのは、いつのことですか？」

本来であれば、叔母からすすめられて……と答えるのが普通であったかもしれない。ところが、自分の口をついて出た答は、まったくちがったものだった。

「初めて聞いたのは、子供のころ……母から聞いたような……気がします」

そう答えながら、自分でも驚いていた。

「記憶が定かではないのですが……」

そして、それが正しいにちがいないことを瞬時に悟っていた。

人間は普段、思い出せないままに、それを当然のこととして日常を過ごしていることがある。それが、何かの触媒によって、ふと再生されてしまったりすることがあるのだ。今実は、社長の質問によって蘇ることになったのだ。自分では叔母からの話によって社名を認知していたつもりでいたが、真実は、社長の質問によって蘇ることになったのだ。

叔母から、確かにエルム電子開発の名を聞かされていた。だが、叔母も、母から、エルム電子開発の社名を聞かされていた結果のことではなかったのか……と今では思っている。母から聞いた社名が、叔母の脳裏に深くインプットされていた結果なのかもしれない。

父親の存在は、母からは聞かされずじまいだったし、叔母も本当に知らなかったようだ。だから、私の履歴書を見れば天涯孤独の私生児ということになる。しかし、そのようなハンディを乗りこえて、私は結果的にエルム電子開発の社員となったのだ。

社員数は八十数名。年商は世界を相手に六百億円をあげているが、主力商品のエルム・チップの生産に従事している社員は、十数名。あとは、五十数名のパートがチップの生産工程にいる。粗利益は、五百億円を超えるが、その経費の大部分は、次世代商品の開発費にまわされ、数億円の純利益しか残らない。開発費は、販売促進費であると、神戸社長は信じているのだ。だから、社員の残りの六割以上は、開発課、企画課に属していることになる。それでも、八十数名の社員数で数億円の純利が残せるのは、すごいものだと思う。

企業名だけは、あまり有名になることはないが、実績面で、社歴十年程度でここまで伸長できるという手腕は並のものではないと思う。それだけ主力商品が独占的な価値を持ったものなのだ。

私は、開発四課にまわされた。そこで、機能増殖ソフトの開発。そして次に開発五課で、生物学的コンピューターの為のマイクロチップ代替用単細胞生物の開発チームに加わった。どの所属でも、画期的な開発結果を得ることはできなかったが、日々の職務には、満足していた。

そして、社長に呼ばれた。私は、緊張し、入社後、間もない私ごときにどのような用があるというのか訝しみつつも社長室のドアを叩いた。

「保利です。入ります」

私は、手の震えを隠せないままに、社長室に入っていった。

神戸社長は、立って待っていた。そして、私の姿を見るなり両の腕を広げて、椅子に座ることを勧めた。その動作の一つ一つが、日本人離れしているように見えるのだ。

「座りたまえ。遠慮せずにかまいません」

神戸社長は、私に親愛の情を込めて、そう伝えた。私は、神戸社長の言葉に従って、小さく礼をして応接用のソファに腰を下ろした。

社長室に入るのは、そのときが初めての経験ということになる。予想外に小ぢんまりとしたレイアウトになっていた。

私が入ってきたドア、それから、奥の壁にもう一つドアがある。それは神戸社長の私的空間につながっているのかもしれない。

そんな話は、聞いたことがあった。

この本社の土地は、神戸社長の私有地だ。だから、社長自身の住まいも敷地内にある。社長個人の住まいと同時に、社長の研究室も存在しているらしいが、一般社員にはその存在は知らされていないと。

神戸社長は、あの吸いこむような瞳は、していなかった。今は、何故か私を気づかうような笑顔を浮かべていた。

社長は自から冷蔵庫からジュースを出し、私にすすめ、それから、自分もソファに腰を下ろした。

小さく浮き沈みする社長の肩を見て、私は直感的にわかった。

社長は、私を社長室に呼び入れたことに対して心を弾ませているのだ。わくわくする気持を抑えられないでいるのだ。そういえば、社長は確かに若い。私と十歳も離れていないはずだ。感情を完全に隠しおおせるほどに、年老いているわけではない。

しかし……何故私ごとき一社員を社長室に呼びよせておいて興奮を隠しきれずにいるというのだろう。そんな疑問が素直に湧きあがった。デスクでパチンと音がした。私はあわてて音の方を振り向いた。音源の正体はわからなかった。

「気にしなくていいよ、保利くん。仕事の方は如何ですか？」

神戸社長の紋切型の質問から会話が始まった。「五課では、今、バイオチップ用生物の開発に取り組んでいるんですよね」

「はい」と私は答えた。すでに異音のことは頭から消えていた。「しかし、スタートラインから、ほとんど一歩も進んでいないというのが実情です。色んな候補微生物で試行錯誤している状態です」

私が、そう答えている間も、神戸社長は、そんなことはどうでもいいとでもいうように何度も首をふってうなずいていただけだった。

「開発とは、一朝一夕でできるものではないからね。他の企業のように私は結論を急いだりはしないよ。もっとも、収益を割り込むような状態が継続するようになったら、話は別だけれどね」

そう鷹揚に答えただけだった。最初から、その質問の答には、興味を持っていないふうだった。

社長が一番興味を持っているのは、開発一課の仕事のはずだ。神戸社長は、よく一課の現場に顔を出しているらしかった。

一課の仕事は、錬金術師の分野だということだった。あるいは永久機関の発明開発にも匹敵する……。

時を越える機械……タイムマシンの開発だ。

他の課の課題選択に関しては、その課のチーフの裁量となっているのだが、一課だけは社長の課題指定になっているということだった。そのため、開発一課の人材は、社長指名による選りすぐりのチームとなっているとの噂なのだが、ここにおいても開発の状況は、遅々として、実用にはほど遠いということだった。それよりも、私の耳には、一課の連中の奇人ぶりばかりが伝わってきていたのだが……。

「お呼びになられたのは？」

私は訊ねた。

神戸社長は、親指と人差し指を額にあてて、少し迷ったような表情になった。言葉を選んでいるのだ。そんな表情をする神戸社長を見るのも初めてのことだった。

「これから、少し、変だと思われる話をするかもしれない。だが、黙って聞いて欲しい。それから、この話は、社長とか社員とかの間で交わす内容でもないと思います。勤務時間中だが、この場所では、対等だということで聞いてもらいたいのです」

そう神戸社長は、ためらうように告げた。

私は「わかりました」とだけ答えた。

神戸社長は、満足したように、白のデニムパンツの膝をポンと叩いた。神戸社長は、いつも、社内で見かける姿は、上はトレーナーか、カッターシャツ。下は、白のデニムパンツというものだ。年齢的にも、学校の先輩と言っても通用するほどのものなので、その雰囲気に違和感は、まったくなかった。

しばらく、神戸社長は、頭をぽりぽりと掻き、唐突に言った。

「保利くんは、タイムマシンのことは知ってますか？」

私は、その質問の意味を様々な方向から検討した。管理職でもない私に、何の目的で、社長は訊ねたのかということを。

「よく、昔からテレビアニメとかに登場する空想上の機械ですよね。H・G・ウエルズという作家が考えだしたと聞いてますけど。確か、その機械に乗れば、過去や未来に自由に往き来できるというやつですよね」

私は、そう答えた。その答は、道を通りすがりのどの小学生に訊ねても返ってくるようなあたりさわりのない初歩的な解答だった。

「そうだよ」

神戸社長は、うなずき、そのまま何も言わずにさらに私の答を待っていた。私には、何も答えるべきものは残っていなかった。

沈黙が耐えられなくなった私は、何かの話の接ぎ穂が必要だった。

「開発一課では、タイムマシンを開発していると聞いたことがありますが。社長も、その開発にすごく関心を持っておられるそうですね」

最後の一言については、言ってからしまったと思った。そのようなことについて一般社員が、どうこう言うべきことではないと気がついたからだ。

だが、驚くほど、社長は私の答に関して冷静だった。

「そう、一課の方で、時間旅行に関する研究をしています。しかし、初歩の初歩だ。時を旅行するための仮説にさえ行き着いていない状態です」

「……――」

「根本的なところで連中は、認識の過ちをしでかしているんです。時間というものが、どのようなものか、まだ彼等は理解できていない」

「そういうふうに、社長は一課に対して指摘しているんですか?」

私が問い返すと社長は大きく頭を振った。

「しません。下手な先入観を彼等に、与えたくない。彼等には彼等なりの理論を構築してもらって、……もし実現できれば、それでいいのですから。しかし、……それは、はかない望みかもしれないが」

ひょっとして、神戸社長は、タイムマシンの実現性なぞ、はなっから信じていないのではないだろうかと私は感じていた。しかし、逆に、神戸社長は、私にその質問の矛先を向けていたのだった。

「では、保利くん自身は、どう思いますか? タイムマシンという装置は実現できると思いますか?」

再び、神戸社長の瞳はカリスマめいた深淵なものに変っていた。

「私には……わかりません」

それが正直な答だった。天才肌の社長に対して飾った答を考えても、あまり意味のあるものに思えなかったからだ。社長が、その答に満足するかどうかは別にして。

神戸社長は、ソファの上で背筋を伸ばし、両腕を組んで私の答を聞いた。

「それが、普通なんだろうな」

自分に言いきかせるように呟いて、社長は立ち上った。それから、奥の壁面にあるドアの方へ歩いていき、立ち止まって私に手招きした。

「保利くん。こちらへ。私の部屋をお見せしますから。あ、これか。さっきの音は」

金属ネジのようなものを床の上から拾い上げ、社長はドアを開いた。

私は神戸社長の後に続いて、社長室から続く部屋に入った。

それは、かなり広い部屋だった。空間の多い物置きと形容した方が早い。社長自身が生活する部屋は、また別にあるのだろう。そこは、パソコン類や用途のわからない装置類があちこちに点在しているのだった。

「エルム・チップを最初に作りあげたのは、ここですよ」

神戸社長は、部屋をあらためて見回しながら、感慨深げに私に言った。

「現在の社員たちに、この部屋を見せたことはない。保利くんが、初めてです」

その一言は、私を緊張させるには十分すぎるほどだった。

「何故、私ごときが、この部屋に入れて頂けたのですか」

神戸社長は、それには答えず、奥のビニールシートをかけられた機械の方へ歩み寄って行った。

それは、巨大な円錐形のものだった。

シートを神戸社長がめくると、中から、これまで見たこともないコイルを幾つも積みあげたような装置が姿を現した。

「タイムマシンです」

神戸社長は、あっさりとそう言った。

私は、一瞬、自分の耳を疑った。

「もう……完成していたんですか？　一課の連中は……！」

そう言うのが私には精一杯だった。あまりにも唐突すぎるではないか。

「いや」と神戸社長は言った。「これは、一課の連中が作ったものじゃない。私のタイムマシンだ」

私は、どういう反応も返せないでいた。疑問符だけが頭の中で溢れかえっていたのだ。

「最初に言っておきましょう。私は天才でも何でもない。正直に言うと、エルム・チップでさえ自分で発明したものではない。このタイムマシンで、未来へ行き、私が経営するエルム電子開発から購入したものを複製したにすぎない」

ことをもなげに、神戸社長は言った。私の内部で、これは、何かのテストだ……自分は試されているのかもしれないと叫んでいた。

「エルム・チップは、神戸社長の発明でなければ誰が発明したものなのですか？」

「発明した人間は、存在しないことになる。表面的には、私が発明したことになっているが……古典的な時間の逆説というやつですよ。誰が発明したというのではなく、エルム・チップは、時の波の中に存在していた。それを拾いあげるのが私ということに決まっていたらしい」

「本物のタイムマシンですか？　それを発明されたということは、すごいことではありませんか？」

そう言っている言葉のニュアンスに自分でも気がつかないままに疑いのそれが混っていたらしい。神戸社長は、円錐形のコイルの化物から、コードのついた四個の金属製パネルを伸ばし、部屋の四隅に置いた。

「保利政樹くん。まだ、タイムマシンというものを完全に信じてはいないようだね」

神戸社長は、タイムマシンの表面の表示部分下にあるいくつものダイヤルを操作した。

「保利くんの腕時計で、今、何時になっている？」

「四時五分ですが……」

神戸社長は、小さくうなずいた。

「よし、じゃあ、十五分前に戻ろう。三時五十分に合せることにしましょう」

それが、どのような操作なのかは、わからなかったが、神戸社長は、ダイヤルをいくつも回しているようだった。それは、随分にタイムマシンを操縦するというイメージとは、かけ離れているようだった。

すべてが終ると、神戸社長は右手で先ほどの金属ネジを何度もほうり上げながら、私のところへ歩いてきた。左手には小さくて四角いリモコン装置のようなものを持って。

「じゃあ、いくよ」

小さな装置をタイムマシンに向けて神戸社長は言った。

「はい」

答えたと同時に目の前が、虹のような光に覆われた。瞬間ではあるが、周囲から全身を圧迫されるような感覚が襲った。

私は、大きく溜息をついた。何の変化もなかったからだ。腕時計を見たが、やはり、四時五分を指していた。部屋は、元のまま。何の変化もない。

「何か……起ったのですか？　タイムマシンの故障か何かですか？」

神戸社長は、私がそう言うと、不思議そうに私を見据えた。

「故障？　故障なんかしていないよ。我々は、十五分前の世界に逆戻りしたんだよ」

それからニヤリと笑った。「そうですね。このままじゃ、時間旅行をしたという気分にはなれないだろうし。じゃあ、こっちへ来てごらん」

神戸社長は、社長室に隣接した壁の方に、私を招いた。そこには小さな覗き穴があった。社長室にいたときには、壁の模様の一部になっていて、そこに穴があいていることなぞ、まったく気がつかなかったのだが。

「覗いてみるといい」

そう言って、神戸社長は、もう一つの覗き穴を見た。

「は、はい」

私も覗く。社長室が見える。そして……、思わず、叫びそうになるのをやっとの思いでこらえた。

社長室の中で立っているのは、私の隣で、覗き穴から社長室を眺めている神戸社長その人だったからだ。

「あれは、十五分前の私だ」

そう隣で、神戸社長が言った。別に何の驚きもない様子だった。何か、ビデオの映像とかホログラフィック映像とかではない。社長その人が、社長室に現実に立っているのがわかる。

ノックの音がした。

そして聞き覚えのある声。

「保利です。入ります」

部屋に入ってくる男を見て、またしても息がつまりそうになった。私自身が社長室に入ってきたからだ。

「あれは、十五分前の保利くんです」

私は、喰いいるように見つめ続けた。自分自身を眺めていると、喩えようのない居心地の悪さを感じていることに気がついた。自分は、あんなにおどおどしているのか。あんなに頼りなさそうにしているのか？

本当にあれが十五分前の自分である証拠でもあるのか。うまく仕組まれたトリックではないのだろうか。

「保利くん、見ててごらん」

神戸社長は、右手でもてあそんでいた金属ネジを小孔から、社長室へ放りこんだ。

金属ネジは、神戸社長のデスクに当ってかすかな音をたて、床の上へと転がっていった。

異音に驚いた十五分前の私が、周囲を見回す姿が見えた。さっきの音が、こちらの部屋から投げこまれた金属ネジによるものだったと初めてわかったのだ。

「今のネジも、考えてみると、製造者不在なんだろうね。十五分前の私が、これからあのネジを拾ってこの部屋にやってくる、そしてまた社長室へ放り投げることになる……。いつまでも、あのネジは、この十五分間の時間の中で行ったりきたりすることになるのだろうね」

神戸社長が、そう解説してくれた。

「気にしなくていいよ、保利くん。仕事の方は如何ですか？」

社長室の十五分前の神戸社長が十五分前の私に言っている。ということは、あの時点で神戸社長は、未来からの干渉ということに気がついていたというのか？

私の疑問に神戸社長は、敏感に反応した。

「私も、こんなことだと、予想はしていましたから、だからネジを持って別室へ入ったんです」

そういう神戸社長は、少々得意そうだった。

「もういいでしょう」

神戸社長は、小さな装置をタイムマシンに向けた。先刻と同じような虹色と、圧迫感が再び訪れた。

「帰ってきましたよ」

そうなのかもしれない……と私は思う。しかし、何も部屋自体に変化はない。ただ、社長室へつながる穴から覗いても、社長室には誰もいない。

さっきまでの人の気配は、まったく消えている。まるで自分が幽界でも覗きこんでいたかのような気がしたほどだ。

「こっちで座りませんか」

神戸社長の声で、私は、はっと我にかえった。

神戸社長は、古びた木製の折り畳み椅子を出してくれた。私は驚きから醒めることができずに、まだ、ぼんやりしていたらしい。

私と社長は再び向きあって座ることになった。

今度は、神戸社長は自分の方から口を開くことはなかった。

私が落ち着きを取り戻し、質問を始めるまで、あわてずに待とうというつもりらしかった。

「社長は何故……」そう言いかけると神戸社長は、嬉しそうに身を引いた。「社長は、タイムマシンをすでに完成しておられるのに、一課に対してタイムマシンの開発を命じておられるのですか？　そんな必要はないのではありませんか」

神戸社長は、予想していた質問とは異なった質問を受けたらしく、大きく溜息をついた。

「ひょっとして、このタイムマシンと、全然別の発想でタイムマシンを完成できたらと思うんですよ。そうすれば、私にとっての壁を突き抜けることができるかもしれない。そんな、はかない望みをかけている。だから、あえて口出しもしない」

やりきれない口調だった。

「タイムマシンの壁……。しかし、現実に私は十五分前の過去に行くことができました。これは、十分に時の流れを遡ったことになると思うんですが。どのような壁があるというんですか？」

私は、そう訊ねた。

「時の流れを遡る……。うん、保利くんの考える時間……は、どういうものでしょう」

逆に神戸社長に私は問い返される結果になった。

「私の考える時間ですか？

時間というのは、大きな河の流れのようなものだと思います。河の水が上流から下流に向かって流れるように、時も過去から現在、現在から未来へと流れて行き決して後戻りできない……。

だから、タイムマシンも、現在から過去へ戻るときは、河から一度出て上流まで歩き、再び河へ入ればいいということになるのではありませんか？　それをタイムマシンでやれば過去に遡ったことになる」

神戸社長は、私の話にいちいちうなずいていたが、心から納得したという様子ではなかった。

「保利くんの言うのは、もっともです。それは、しかし、開発一課の連中の発想とほとんど同じだ。

だが、時間は、実は河の流れではないんです」

神戸社長は、はっきりとそう言いきった。

「この世が始まったとき、時間という孤立した波が発生しているんです。その波は、波形も速度も変ることなく過去から未来へ一直線に突き進んでいる。

そして、その波が存在している時点こそが現在であり時間が存在している場所なのです」

「時間は……孤立した波だというんですか？」

「そう……」

「しかし、我々は現実に過去へ行ったではありませんか。十五分前の過去に」

「そうだ。確かに過去に行きました。未来へも行くことができる。ただ……限られています。

時の波は、瞬間じゃない。最初に波形が始まり、波形が終了するまでに三十八年間が存在する。波の山の中央、つまり現在を中心としてプラスマイナス十九年間だけが存在するということです。

タイムマシンを使えるのは、この範囲内です。

プラスマイナス十九年間。それが、存在する時間のすべてということです。これは、動かしようのない事実だ。それ以前もそれ以降もどうしようもない」

「それが、時の壁ということですか。それ以前の過去へは行けないのですか？」

「十九年以前の過去には、何もない。行っても、何もないんだ。波の去った後の過去は、すべてが消えてしまっているんです」

神戸社長の声がややかん高くなった。それが、神戸社長の言うタイムマシンの限界ということだったのだろう。その限界を超えることができればと、神戸社長は、開発一課にタイムマシンの開発を命じているのだ。だが、神戸社長の願いは、決してかなえられることはないだろうと直観的に感じていた。

しかし、何故、そこ迄、神戸社長は、それ以前の過去行が可能なタイムマシンに執着しなければならないというのだろうか。

そんな疑問が新たに私の裡で生まれたのだった。

「時の波は、現在から、約十九年後の未来で最初のうねりが起る。だから、タイムマシンを使って未来を予測することができるのは、最大十九年後ということです。

私は、時の波を迎える未来を観察したことがあります。まず、明暗だけの世界があるんです。それから、さまざまな事物に輪郭が生まれ、淡い色彩が生じていきます。

それは、神が天地を創造した現場に居あわせているような感覚です。すぐには、現実感は伴っていません。世の中すべてが、はかなげな光景なのです。

それから、四、五年をかけて、現実感を生み出していきます。

もし、未来へ行って、未来の存在物を現在へ持ち帰ろうとすれば、それが可能なのは、十二、三年後のものが最大限だと思います。それより未来であれば、完全に、実体化が終ってないんですよ。こちらに持ち帰っても使いものにならない。

私が、エルム電子開発からエルム・チップを購入してきたのも、十二年後の未来からですよ。エルム電子開発を私がやっていることも未来を覗いてわかったわけですし、エルム・チップを過去に持ち帰ってエルム電子開発を起すのは、当然だという気持でしたから。十二年後の製品であれば、未来から持ち帰っても、十分に使用が可能でしたからね」

しばらく沈黙が続き、神戸社長は、大きく息を吸いこんだ。

「自分の中で……理で考える部分では、時間理論で他の方法はありえないと悟っている。しかし……煩悩が、他の方法ででも過去へ行くことができたらと望んでいる。だから、一課の連中に、他の発想によるタイムマシンの開発を願うことになった」

私は、訊ねた。

「それ以前の過去にこだわる必要が、社長にあるのですか?」

神戸社長は、大きくうなずいた。

「ああ……さっき煩悩と言ったが……仏教の教えの中で四苦八苦というのがある。生・老・病・死の四苦と他に四つ……人間には苦痛がある。そのうちの一つに愛別離苦というのがある。愛するものとも別れなければならないという苦しみ。そしてそれを解決するための、欲して求めるタイムマシンが得られない苦しみ……求不得苦というやつです。

保利くんは、人を好きになったことがありますか？」

神戸社長に問われた私は、どう答えたものかと戸惑ってしまっていたはずだ。自分でもどう答えたものか、よく憶えてはいない。

「そうですか。

私は、あります。人間の一生の中で一回きり、好きになった女性がいます」

神戸社長は、それから、視線を私からはずし、どこか、過去の遠い場所を見るような眼差しになった。膝を組み、何度も後頭部を掻いていた。

「私が、タイムマシンを、ほとんど偶然に近い形で自分のものにしたのが、十二年ほど前ですかね。

それからの私は、取り憑かれたように時間旅行の楽しみに耽っていたんです。

まず、興味を持ったのは、未来です。そこで、自分の将来の運命を知り、未来を知ることによってできるさまざまな金儲けの方法も知りました。

しかし、ね。

人間は、あまり、自分の未来について細工しても楽しいことはないということに気がついたのですよ。

確かに初めは、驚きだった。未知の情報が溢れている世界だから。登録数字の宝くじを買いさえすれば、無限の金が手に入る。競馬や株だってそうです。しかし、それ以上のことは、何も楽しいことはない。未来の情報を得ることはできるし、利用することもできるが、改変するつもりもない。

だから、これからの十数年で世の中に起ることはすべてわかっているんです。ちょうどズルをやってゲームしているようなもので、何の楽しみもない。

保利くんに、話してあげてもいいが、それは保利くんにとって何の益にもならないことは保証します。

もう金銭的には正直なところ何の興味もないんです。これから、十九年先も、何とか自分は生きているらしい。それだけわかっていたら、もう、未来に対して興味はなくなってしまいましたよ。それから、未来に向けての時間旅行は、ほとんど試みていません。

そして、私のタイムマシンの行先は、ほとんど過去へ……ということになりました。

過去のまだ、残された自然を探索したり、さまざまなできごとが起る現場を訪ねてみたりというふうに。

そして、過去のある時点の旅先で、偶然に知りあった女性を好きになったのです」

私は、何も口を挟む余地はなかった。

「あれは、運命的な出会いだったのだと思う。私は、二十歳代の半ばで、そして、出会ったのが、その十七年前。一九六〇年代の後半です。本当は、実年齢にすれば、私よりずっと年上の女性ということになる。それでも出会ったときは、彼女は二十歳過ぎだったと思う。私は一目会ったときから、彼女に魅かれ、彼女に話しかけた。そして、彼女も私に好意を持ち、愛してくれるようになった。

そのときの気持が、どんなに幸福だったかわかりますか。運命的という言葉がありますが、そのときまで、その運命的という言葉にほとんど実感を抱いていませんでした。しかし、私がタイムマシンを発明することよりも、未来を知って、その情報通りに世の中が流れていくことよりも、私とその女性が、属する時間軸こそ異なっても、出会ってしまい、そして、おたがいを愛するようになるという不思議さの方に私は、運命的という言葉を使いたいのです。それまで、何万人という異性が自分の前を通り過ぎても何も思わなかったし、私も異性などに興味を持つこともなかった。それが、過去のある時点で偶然に出会った女性に電撃的に魅かれ、愛してしまうということが、自分でも信じられないんですよ。それから、私は時間を作り、いつも、過去へと飛んで彼女に会い続けました。

私は、彼女に夢中だったのですよ。

彼女の名前は……保利まり子といいます」

保利まり子……それは、私が七歳のときに他界した私の母親の名前なのだ。

私は、驚き、大きく口を開いた。

「保利まり子……それは、もしかすると…私の……母のことですか？」

神戸社長は、大きくうなずいた。

「だから、保利くんをお呼びしたんですよ。まり子さんは、本当に残念だった。私は、今でも、まり子さんのことは、愛している。これは、神にも誓える事実だと思います」

「母は、生涯、独身でした。そして、私は……」

そのときに、はっきりと自分の父親は誰なのか、母親が、自分にエルム電子開発という会社名を告げたのかを、私は知った。

「そう…。たぶん……いや、まちがいなく、保利くんは、私の子です。保利くんが職に就くまで、私はまり子さんを通して、また叔母さんを通して経済的な援助を続けてきたつもりです」

そのとおりだ。大学生活も、叔母から聞かされた「母親の遺産で」私は、何不自由なく過ごすことができた。

そして、叔母からエルム電子開発へ就職することをすすめられたのも、すべてが予定されていたできごとであったことを知った。

目の前に座っている先輩ほどの年齢の開きしかない神戸社長が、自分の父親であるとは、理屈ではわかっても、とても実感としては湧いてこない。だが、タイムマシンの存在から、それが事実であることはわかる。

だが、父親の呼称で神戸社長を呼ぶにも抵抗があった。

「しかし、何故、今になって、私にこのような話をあかされたのですか？　もし、黙っておられたら、私は、一生知らないままだったかもしれません。それで、すんだのではないでしょうか」

神戸社長は、ゆっくりと首をふった。

「一昨日が、まり子さんの……十九回目の命日だったんですよね」

神戸社長は、話題を変えていた。そう言われてみると、そうだったはずだ。

「まり子さんが、生きている間、どのような時間帯にも、私は訪ねている。過去遡行の限界である彼女の幼少の時期にも、私は訪ねて行った。そして、まり子さんの病状を知ったとき、初期症状が現れる前の彼女に、そのことを知らせて手を打たせた。だが、彼女の時代の医学の技術には限界があった。結果的に私はまり子さんを守り通すことができなかったのです。

虚しかった。

すべての未来の情報を手にしても、私は神になってまり子さんを救うことはできなかったのですからね。

この前までは、タイムマシンで、健康な頃のまり子さんにいつも会うことができた。しかし……今、それも不可能になろうとしている。

十九年という時の隔りが、否応なく私からまり子さんを引き裂こうとしているんです。

卑怯だったかもしれないが、これまで、過去遡行で私は、まり子さんの臨終には立ち会ったことはない。

正直言って、その勇気は、私にはなかった。彼女の臨終を看取るなんて、とてもできはしない。そう思っていた。

しかし、時は、通り過ぎて行こうとしている。時の波は、まり子さんが存在している場面を終えようとしている。

今、この機会を逃したら……多分、私は、まり子さんに永遠に会うことはできないでしょう。

そう考えたら、まり子さんのただ一人の子供として、保利くんも、誘ってあげるべきではないかと思ったのです。これが、最後の機会であるのなら、当然、保利くんも、まり子さんに、お母さんに会っておく権利があると……。

実体が、はっきりと感じられる過去は、最大十七年。それ以降は徐々に時の波が去るに従って薄れていっている筈です。でも、それでも、まり子さんに会えるのは最後の筈です。

もう、過去の人たちは、こちらを認知することはできないかもしれませんが。

これが……今日、保利くんを呼んだ理由です。驚かせないように話すために、大変、まどろこしくなったかもしれませんが。

どうします？　もし、保利くんが断るのであれば、私は一人で行くつもりでいます。これは保利くんの判断です」

神戸社長は、あまり時間が残されていないと付け加えた。選択は一回だけだと。

私は、ためらうことはなかった。

「私も……連れて行って下さい」

社長が、私にこの話をするのも、考えに考えあぐねた結果なのだと思う。そうでなければ、もっと早い段階から、この話を私に告白していた筈なのだから。

神戸社長は、ほっと解き放たれたような表情に変った。

「早速、行きましょう。これから、十九年前に遡るにも、本当にぎりぎりのところなのだから」

神戸社長は立ち上り、研究用デスクから小型のバッテリーを取り出し、さっき過去へ行くときに持参した小さな四角い装置のバッテリーと交換した。

「もう時間がない。このまま行くことになります。いいですね」

「社長さえよろしければ」

神戸社長は、うなずいて、例のコイルの集積物のようなタイムマシンに歩いていき、ダイヤルを回した。

「病院は、どこでしたかね」

「中央会病院です」

その名前は、絶対に忘れない。エルム電子開発からは二〇キロメートルほど離れた田園の中にぽつんとある総合病院だ。

「場所は、わかります」

タイムマシンの中央部に映像が映った。自動車のナビゲーション・システムを連想させる地図と、座標がそこにあった。

神戸社長がダイヤルの一つを回すと、その座標も滑るように位置を変化させていった。

「さっきの時間移動では、単純に十五分前に戻るだけでしたけれど、今度は、位置移動も加わるから調整も少々手間がかかるんですよ」

「位置移動ですか？」

「我々も、過去においては異物ですからね。あまり、過去で必要以上にうろうろしているわけにはいかないんです。できたら、最初っから、目的の場所に到着できるのが、一番いいんですよ」

そこで、神戸社長は、画像から眼を離した。

「これが、中央会病院の位置だと思いますがまちがいないでしょうか」

画像の中央に、赤い円形のマークが固定された。周辺の地形から、それが幼い日に叔母と足繁く通った中央会病院のある場所だとわかった。成人してからは、二度ほど、近くを歩いたことがあるくらいだが、それは、深く記憶に刻まれているから忘れることはない。

「そうですね。まちがいありません」

神戸社長は、うなずいてダイヤルを操作すると、画像が切り替った。

中央会病院のコンピューターによる線画の建造物に変った。

「この五階です。まちがいありませんか？」

そうなのかもしれない。しかし、母が、何階にいたのかまでは憶えてはいない。

「さあ、記憶していません」

そう答えた。

だが神戸社長は、自信を持って言った。

「この五階なんです。五〇一二号室です」

神戸社長は、すでに母の病院のデータを持っているのだ。私に訊ねたというのは、単に形式上のものだということを私は知った。

部屋の中央に、例のコードのついた四個の金属パネルを集めた。そのパネルに囲まれた空間は人間二人が、やっと立っていることができるほどの広さしかなかった。

「さあ、行きましょう。まり子さん……お母さんのもとへ。遠い時代へ旅するときは、できるだけパワーを集中できるようにパネルの間隔を狭くしておいた方がいいんです。さあ、政樹くん」

神戸社長は、私のことを政樹くんと呼んだことに気がついていた。

私は、神戸社長が示すとおりに、神戸社長の隣に立った。

「今度は、十五分前に行くんじゃない。十九年前に行くんです。さっきと、かなり様子がちがうはずです。それは覚悟しておいてください」

私が、はいと答えると、神戸社長はうなずき、小さな四角い装置を押した。

例の虹色の色彩と全身を覆いこむような圧迫感があった。だが、今回は、周囲の変化が瞬時に終ることはなかった。自分の重量が消失し、果てしない場所へ上昇し続けていくような感覚がいつ迄も続いた。意識が何らかの理由で増幅されたかのように、永遠に永遠に見知らぬ場所へむかって旅し続けているようだった。

神戸社長の姿もわからなかった。これが、エルム電子開発の社長室や別室ではないことだけがわかった。自分自身の肉体さえもわからなかった。とにかく奈落の底から、あてのない頂上へひたすらひたすら昇り続けるのだ。

虹の色と圧迫感が同時に消えた。

同時に、今度は強く下へ引かれる力によって、床の上に立った。あわてて、私は身体のバランスをとった。

目の前に、白い廊下があった。

「十九年前です」

私の横に、神戸社長が立っていた。

「気分はどうですか？　私も初めて長距離の時間旅行をしたときは、〝時間酔い〟の経験がありますからね」

今の胃のつかえのようなものが〝時間酔い〟の結果ということになるのだろうかと私は思った。ジョークにもならないのだろう。

「い、いや、大丈夫です」

私は答えた。

「改築前の中央会病院です。思い出は、ありますか？」

「い、いや……」

私は、あたりを見回した。風景としてぴんと記憶の扉を開いてくれるものには出会わなかったが、哀しい匂いがした。

哀しいと同時に、なつかしい匂いなのだ。なぜ、哀しい匂いと思ったのか……自分自身が体験したできごとと、この匂いが関連づけられ同時に記憶の深みの中で刷り込まれている結果だろうと私は思っていた。クレゾール液か、あるいは消毒剤の入り混ったものにすぎないはずだ。

「そうですか……思い出はありませんか。きっと視点がちがうのかもしれない。昔の風景は、……ましてや七歳の頃の身長で見る風景はもっと何もかもが巨大に見えたのだろうし。低い視点から見たら、思い出が蘇るかもしれないし」

そう神戸社長が言った。だが、それだけでは、ないような気もする。

私の横を看護婦が一人通り過ぎて行った。

それで記憶との相違をはっきりと知った。

私たちに気づかずに遠ざかっていく看護婦の腕の色。

肌の色がないのだ。

ただ、淡い陰影だけがある。

それ迄は、白い廊下を歩いている印象だけが先行していたから、この世界には何の疑問も感じていなかった。

そして今、歩み去る看護婦に会い、それを知った。時が果てようとしている世界。それはモノクロームだった。

私は、神戸社長の言っていたことを思い出していた。

時間が存在するのは押し寄せた時の波の中だけなのだと。そして、ここは時間の波がすべて去ろうとしている場所なのだと。

この世界では、すでに色彩も失われ、もうすぐ時の波が過ぎて行き、この過去は消え去ってしまう。私たちは、その引き潮の渚にいる状態なのだ。

「あちらが、五〇一二号室です。大丈夫です。私たちの姿は、こちらの世界の誰にも見えることはないのだから」

私は、神戸社長とともに廊下を歩いた。ナースステーションの横を通って。

「その角を曲がったところが病室です。ぎりぎりに、間にあったようですね」

ナースステーションの掛け時計を見て、神戸社長が言った。朝の六時二〇分。母は六時半に他界したと聞いていた。

曲がり角を曲がった。

病室の前に、泣きそうな顔をした少年が、一人、廊下に腰を下していた。

私は、ぎくりとして立ち止まった。

その泣き出しそうな少年は、私自身だったのだ。このときの私は、もう悲しくて悲しくてたまらなかったのだ。自分がどうすればいいのかわからなかったのだ。ただ、廊下にぺたりと座りこんで、最愛の人が治ってほしいと祈るしかなかった。ベッドの横で最愛の人が苦しむ様子を見ることにも耐えられなかった。

そんな私が、幼い日の私が、今、眼の前にいる。そう思うと、少年を抱きしめてやりたい衝動に襲われた。だが、私に何ができるというのか。時が果てる場所で、なす術は何もないはずだった。

私は必死で、幼き日の自分を抱きしめたいという衝動を抑えた。

「すまなかった」

神戸社長が、呟くようにそう言うのが聞こえた。それが私に言ったものか、幼い日の私に言ったものかはわからない。

病室のドアが開き、若き日の叔母が姿を現した。叔母が次に言う科白を私はすでに知っていた。

「政樹ちゃん。お母さんの容体が……」

幼い日の私が弾かれたように立ち上り、病室に駆けこむ。私と神戸社長もその後に続いた。

医師と看護婦の手当てがおこなわれていた。

そして母がベッドの上に横たわっていた。

まだ若い母だった。病気と闘い続けた……。

この母に抱かれて眠った。この母に絵本を読んでもらった。この母に……。

無性に涙が溢れてきた。涙は頬を伝いとめどなく流れた。

すべてが、モノクロームだった。私は立ちつくすだけだった。

神戸社長の顔を瞬間、盗み見た。彼も同様だった。彼も……父も涙を流し続けていた。

幼い日の私が、何度も母を呼び続けていた。

すべての風景が、病室が、幼い日の私が、叔母が輪郭を失《うす》れさせていく。そして母も。

時の波が過ぎようとしている。

誰も私たちの存在に気がつくはずがない。

医師は電気による心臓への刺激を何度も試みていた。電極を母の胸に押しあてると、鈍い音が響き、母の身体がそりかえる。

「もうやめて！　もうやめて！」幼い私が必死で叫ぶ。

「お母さん。目を開いて」

母が幼き日の私の呼びかけに奇蹟的に薄く眼を開くのがわかった。まず、幼き日の私を見、そして私たちを見た。

神戸社長が、小さな装置のなにかを操作した。

すべての動きが止まった。母は、私たちを凝視したまま動きを止めていた。ただ……モノクロームから、すべての色がセピアに変っていた。

「まり子さん。政樹くんは立派に成人している。心配しないで」

そう、神戸社長は、はっきりと言った。「まり子さん。私はあなたを永遠に愛します」

このときの光だ。原色の光。幼き日の私も驚いてこちらを見ている。我々は神戸社長のタイムマシンの操作で何故か発光しているにちがいないのだ。

すべては、古い写真のようにセピア色に変化した世界で。

神戸社長は、それだけをぜひ母に伝えたかったのだろう。

すぐに、世界はモノクロームに戻り、母は何か口を動かした。それは唇の形を読む限り神戸社長の名前を呼んだように見えた。

すべてが消え去り、数分後に私と神戸社長は何もない虚無の空間にぽつんと立っていた。そこは、もう〝時の波〟が過ぎ去った世界なのだ。もう過去もなく、母も十九年前の世界もない。ただ無だけがある。社長は、まだ涙を流していた。

神戸社長は二度と、母に会う機会は訪れないはずなのだ。時の波は、過ぎてしまった。

「神戸社長。一つ伺っていいですか？」

「ええ、何ですか？」

「一課の連中の別理論のタイムマシンは、未来では開発されるんですか？」

「わかりません」と神戸社長は寂し気に答えた。「それだけが怖くて覗けない未来だし、せめてもの楽しみに残してある未来なのですからね」

そう寂しそうに笑い、私の顔を見て神戸社長は続けた。「戻ったら、このタイムマシンも、私が発見した十二年前に帰してやろうと思うんです。もう、このタイムマシンを使うことは、私にはないと思いますし」そして「帰りましょうか……」と告げ、小さな四角い装置のボタンに手をかけた。

私はそのとき、このタイムマシンも時間の波の中に存在する製造者不在の創造物であることに気付いた。と、同時に神戸社長が別理論のタイムマシンなど望みはもてないと自分に言いきかせていることもわかったのだ。

虹色の色彩が、私たちを覆った。

『梶尾真治短篇傑作選　ロマンチック篇　美亜へ贈る真珠』
（二〇〇三年、ハヤカワ文庫ＪＡ刊）から再録いたしました。

ＳＦへ贈る真珠

山田正紀

ご縁がなくて、多分、梶尾真治さんとは二度ほどパーティか何かでお会いして、ご挨拶したことがあるだけだと思う。親しくお話したことはない。

それでも梶尾真治さんが、ぼくにとって非常に気になる、気にせずにはいられない作家でありつづけた、そしてこれからもありつづけるだろうことには変わりない――そのことが自分でも何か不思議なことのような気がする。

さて、これから「梶尾真治短篇傑作選」第一回の解説を書かせていただくわけだが、じつは編集部側の事情で、非常にタイトな、ちょっと非常識といっていいほどの締め切りをかせられた。したがって梶尾さんにも、読者の皆様にも申し訳ないことに、すべての作品を精読するだけの時間の余裕がない。

そこで、ぼくが若いころに読んで感銘を受けた「美亜へ贈る真珠」を精読し、その一作にしぼって解説を書かせていただくことにする。十分な時間がないのに、すべての作品を走り読みして、安易な印象批評に走るようなことになるのだけは避けたいからである。あらかじめ、そのことをご了承ねがいたいと思う。

「美亜へ贈る真珠」は梶尾さんがまだお若いころにお書きになった作品だ。SF同人誌〈宇宙塵〉に発表されたのち〈S-Fマガジン〉に転載され、デビューとなった。

デビュー作にはその作家のすべてがあらわれるという。ぼくは、このことを必ずしも真理とは思わないが、「美亜へ贈る真珠」にかぎっていえば、これは見事に梶尾真治という作家の才能のすべてを予言していると思う。

梶尾さんはそのデビュー時からすでにSFにとって非常に重要なテーマを的確につかんでいる。そして、そのテーマは、最新作「黄泉がえり」にいたるまで、終始つらぬかれて、手放されることがなかった。

すなわち〝愛〟と〝時間〟である。

正確にいえば、時間の試練にさらされても、ついに褪せることなく、挫折することのない愛である。

が、そんなことが可能だろうか。愛だけが時間の試練に耐えうるなどということが可能なものなのか。

身も蓋もない言い方をしてしまえば無理だろうと思う。「美亜へ贈る真珠」にサンディ・デニィの名が出てくるので、同時代のボブ・ディランのことを思い出した。

そのボブ・ディランがこう歌っている。「すべては壊れる《エブリスィングブロークン》」と――。

そういえば、あれほど美しい歌声に恵まれていたサンディ・デニィさえもすでに亡くなってしまっているではないか。

そう、時間の試練には何事も耐えうることはかなわない。多分、愛も――いや、愛であればなおさらのこと……

悲しいことにそれが現実というものだ。が、物語が現実に屈する必要はない。現実をしりぞけ、ときには嘲笑するからこその物語ではないか。

それではいかなる物語であれば時間に滅びることのない愛を謳いあげることが可能なのだろうか。

メロドラマではないだろうか。おそらく愛が時間の試練に耐えうるのはメロドラマのなかだけのことではないか。

だが、メロドラマ的なものはすべて、「美亜へ贈る真珠」が書かれた三十年以上もまえにしてすでに幾分か滑稽で、時代遅れのものになっていた。

もっとも、ここで勘違いされてならないのは、けっしてメロドラマそのものが滑稽なわけではない、というそのことである。

メロドラマ、という呼び名には、多少、侮蔑的な響きがあるように感じられるかもしれないが、じつは優れたメロドラマは物語の王道であり、それこそが物語のなかの物語といっていい。真に優れた才能に恵まれた者だけが人を魅するメロドラマを創造することができる。

くり返そう。けっしてメロドラマそのものが滑稽なわけではないのだ。そのことを誤解してはならない。

滑稽なのは、愛が不滅である、というそのことがすでにテーマとしての説得力を失っているのに、メロドラマの構造だけが旧態依然として保持されている、というその恥知らずなアナクロニズムにこそある。

メロドラマそのものには、いわば物語の原石のようなところがあって、どんなに時代が変わっても、そのテーマの必然性、力強さはいささかも損なわれることがない。要は、それがいかに語られるべきか、という方法論に帰するのではないか。

メロドラマをメロドラマとして語らしめたうえに、なおかつ十分な説得力を持たせるにはどうすればいいか。

いかにすれば、愛が不滅である、という、現代においては——いや、おそらく過去においても——、非常に困難なテーマに説得力を持たせることが可能であろうか。

梶尾さんは「美亜へ贈る真珠」においてそのほとんど不可能といってもいい離れわざを見事にやってのけた。

愛は不滅である、という現実離れしたテーマに説得力を持たせるには、もう一つ「航時機計画」という現実離れした仕掛けが用意されなければならなかった。

葉を隠すには森のなかに隠せという。「愛の不滅」は、じつはＳＦのどんなガジェット、アイディアよりも非現実なテーマであるのだが、それが「航時機計画」という仕掛けに巧妙に隠蔽されることになる。これはＳＦというジャンルの、あまり意識されることはないが、じつは大きな効用なのである。

言ってみればそういうことなのだが、当時にしてみれば、まさにそれは「コロンブスの卵」といっていいことだった。非常に画期的なことだったのである。

そのことによって、メロドラマは新たな息吹を得、力強く、感動的な物語として復活することになったわけなのだ。

いまでこそＳＦと〝愛〟との相性のよさは当然のように扱われ、アニメなどでは、いわばお約束のように使われているわけなのだが、梶尾さんが「美亜へ贈る真珠」を執筆した当時には、まだそれはそれほど自明なことではなかったはずなのである。

じつに梶尾さんは日本ＳＦに〝愛〟という可憐な真珠を贈ってくれたといっていい。それともＳＦのなかに〝愛〟という一ジャンルを開拓したというべきだろうか……いずれにせよ、その功績の大きさにははかり知れないものがある。SFの末端につらなる身としては、そのことでどんなに梶尾さんに感謝してもしきれない、と思っている。

これが梶尾さんのデビュー作であることを考えれば、この梶尾さんの作家としての才能、というか本能にはじつに驚嘆の念を禁じえない。

「美亜へ贈る真珠」は、これからそれを読もうとする若い読者にとってはもちろんのこと、ぼくのようなロートルにもありありと青春を実感させてくれる、それこそ真珠のように貴重な作品といっていいだろう。

初出一覧

「美亜へ贈る真珠」S‐Fマガジン一九七一年三月号
「詩帆が去る夏」S‐Fマガジン一九七八年五月号
「梨湖という虚像」S‐Fマガジン一九七九年六月号
「玲子の箱宇宙」S‐Fマガジン一九八一年二月号
「〝ヒト〟はかつて尼那を……」S‐Fマガジン一九八六年二月号
「時尼に関する覚え書」S‐Fマガジン一九九〇年十月号
「江里の〝時〟の時」S‐Fマガジン一九九八年二月号
「時の果の色彩」『仮想年代記』（アスペクト）収録

本書は、二〇〇三年七月にハヤカワ文庫JAより刊行された『梶尾真治短篇傑作選ロマンチック篇　美亜へ贈る真珠』に、「時の果の色彩」を追加収録した新版です。

虐殺器官〔新版〕

伊藤計劃

9・11以降、〝テロとの戦い〟は転機を迎えていた。先進諸国は徹底的な管理体制に移行しテロを一掃したが、後進諸国では内戦や大規模虐殺が急激に増加した。米軍大尉クラヴィス・シェパードは、混乱の陰に常に存在が囁かれる謎の男、ジョン・ポールを追ってチェコへと向かう……彼の目的とはいったい？　大量殺戮を引き起こす〝虐殺の器官〟とは？　ゼロ年代最高のフィクションついにアニメ化

Cover Illustration redjuice

ハヤカワ文庫

ハーモニー〔新版〕

伊藤計劃

Cover Illustration redjuice

二一世紀後半、人類は大規模な福祉厚生社会を築きあげていた。医療分子の発達により病気がほぼ放逐され、見せかけの優しさや倫理が横溢する〝ユートピア〟。そんな社会に倦んだ三人の少女は餓死することを選択した——それから十三年。死ねなかった少女・霧慧トァンは、世界を襲う大混乱の陰に、ただひとり死んだはずの少女の影を見る——『虐殺器官』の著者が描く、ユートピアの臨界点。

ハヤカワ文庫

川の名前

川端裕人

菊野脩、亀丸拓哉、河邑浩童の、小学五年生三人は、自分たちが住む地域を流れる川を、夏休みの自由研究の課題に選んだ。そこにはそれまで三人が知らなかった数々の驚きが隠されていた。ここに、少年たちの川をめぐる冒険が始まった。夏休みの少年たちの行動をとおして、川という身近な自然のすばらしさ、そして人間とのかかわりの大切さを生き生きと描いた感動の傑作長篇。

解説／神林長平

カバーイラスト＝スカイエマ

ハヤカワ文庫

Gene Mapper -full build-

藤井太洋

拡張現実技術が社会に浸透し遺伝子設計された蒸留作物が食卓の主役である近未来。遺伝子デザイナーの林田は、Ｌ＆Ｂ社の黒川から、自分が遺伝子設計をした稲が遺伝子崩壊した可能性があるとの連絡を受け、原因究明にあたる。ハッカーのキタムラの協力を得た林田は、黒川と共に稲の謎を追うためホーチミンを目指すが——電子書籍の個人出版がベストセラーとなった話題作の増補改稿完全版。

著者略歴　1947年生，福岡大学経済学部卒，作家　著書『ＯＫＡＧＥ』『怨讐星域』（以上早川書房刊）『おもいでエマノン』『黄泉がえり』『クロノス・ジョウンターの伝説』他多数

HM=Hayakawa Mystery
SF=Science Fiction
JA=Japanese Author
NV=Novel
NF=Nonfiction
FT=Fantasy

美亜《みあ》へ贈《おく》る真珠《しんじゅ》
〔新版〕

〈JA1259〉

二〇一六年十二月二十日　印刷
二〇一六年十二月二十五日　発行
（定価はカバーに表示してあります）

著者　梶《かじ》尾《お》真《しん》治《じ》
発行者　早川浩
印刷者　矢部真太郎
発行所　株式会社　早川書房
郵便番号　一〇一 - 〇〇四六
東京都千代田区神田多町二ノ二
電話　〇三 - 三二五二 - 三一一一（大代表）
振替　〇〇一六〇 - 三 - 四七七九九
http://www.hayakawa-online.co.jp
乱丁・落丁本は小社制作部宛お送り下さい。
送料小社負担にてお取りかえいたします。

印刷・三松堂株式会社　製本・株式会社明光社

ISBN978-4-15-031259-6 C0193

本書は活字が大きく読みやすい〈トールサイズ〉です。